玫瑰余香录

- 近现代名人签赠本掌故
- 淘书地图

夏宇 著

山西出版传媒集团 北岳文艺出版社
·太原·

图书在版编目(CIP)数据

玫瑰余香录 / 夏宇著. — 太原：北岳文艺出版社，2022.8
（香雪文丛 / 向继东主编）
ISBN 978-7-5378-6551-7

Ⅰ.①玫… Ⅱ.①夏… Ⅲ.①散文集－中国－当代 Ⅳ.①I267

中国版本图书馆CIP数据核字(2022)第090055号

玫瑰余香录

夏 宇 著

//

出品人 郭文礼	出版发行：山西出版传媒集团·北岳文艺出版社 地址：山西省太原市并州南路57号　邮编：030012
选题策划 谢放	电话：0351-5628696（发行部）　0351-5628688（总编室） 传真：0351-5628680
	经销商：新华书店
责任编辑 谢放	印刷装订：山西人民印刷有限责任公司
书籍设计 张永文	开本：787mm×1092mm　1/32 字数：176千字　印张：8.125 版次：2022年8月第1版
篆刻 李渊涛	印次：2022年8月山西第1次印刷 书号：ISBN 978-7-5378-6551-7 定价：68.00元
印装监制 郭勇	本书版权为本社独家所有，未经本社同意不得转载、摘编或复制

总序

香雪是广州地铁6号线的一个终点站名。近几年，常往返于6号线上，每每听到这个报站，总觉得有味。有时顺手拿一张地铁线路示意图看，一个个站名过一遍，唯觉得香雪这名儿富有内涵，让人遐想。

记得还是二十世纪八十年代，曾参加一次文学讲座。一位诗人教导我们如何作诗，他顺口溜出几句写雪的诗："江山一笼统，井上黑窟窿。黄狗身上白，白狗身上肿。我就去打酒，一脚一个洞……"显然，前四句是唐人张打油的《雪诗》，后面也许是他随意发挥的。他说这首诗，好就好在全诗没有一个"雪"字。作为一个客住之人，我对粤文化所知有限，不知当地是否有咏雪的诗篇遗存；即便有，也不会很多吧。

广州是个无雪之城。每年冬天，要看雪，只有北上远行。市郊有广州海拔最高的白云山，冬天，偶尔也会飘几粒雪花，但落地即化。香雪之名缘何而来？后来才知道是萝岗有一香雪公园。旧时，广州也有"羊城八景"之说，香雪自然名列其中。羊城人喜欢雪，就因为无雪吧。

由广州人好雪，我联想到一个有趣的问题：凡生活中没有的东西，人们总是越想得到。譬如一个美好的愿望，其实就是一种精神诱导，或叫一种心理安慰剂，尽管如镜花水月，而有，总比无好，画饼还是要的。未来是美好的，现在吃苦受累，就是为了将来。天堂并不是虚妄的。我是个过了耳顺之年的人，河东河西，一生也算见过不少，如要追溯这传统，恐怕比我辈年长，只是觉得于斯为盛罢了。

香雪之所以拿来做了丛书名，也是一时想不到更合适的。这套丛书分A版、B版两个系列，各有不同。至于能做到多大的规模，还真不好说。唯愿读者开卷有益，也愿香雪能带给人们不一样的遐想。

是为序。

向继东

二〇二二年三月于广州

目 录

沈从文锦绣豪华签名、编号本《中国古代服饰研究》　／1

吴佩孚签赠工藤忠《循分新书》　／9

胡适签赠芳泽谦吉《胡适文存》　／16

卞之琳签赠李浩昌《雕虫纪历》　／21

刘旦宅签赠南怀瑾《刘旦宅书画集》　／29

张默君签赠陈冰如《白华草堂诗》　／36

罗香林签赠梅贻琦《唐代桂林之摩崖石像》　／44

王国维签赠近重真澄《壬癸集》　／52

褚民谊签赠黑川利雄《昆曲集净》　／58

周策纵签赠何沛雄《论王国维人间词》　／64

鹿桥签赠吉川幸次郎《未央歌》　／69

启功签赠内田诚一《启功论书绝句百首》　／75

金庸签藏黄蒙田《读画随笔》　／80

钱稻孙签赠平冈武夫《唐韵考》　／86

内藤湖南签赠青木正儿《景宋椠单本尚书正义解题》　／93

汪宗衍签赠邓苍梧《艺文丛谈》　／100

1

高贞白签赠吴其敏《乾隆慈禧坟墓被盗纪实》　　/ 108

秦瘦鸥签赠苗振宇《秋海棠》　　/ 113

赵少昂签赠叶次周《蝉嫣集》　　/ 122

简又文签赠全汉昇《太平天国与中国文化》　　/ 127

王云五签赠本《我所认识的王云五先生》　　/ 133

饶宗颐签赠陈溢晃《九龙与宋季史料》　　/ 139

杨钟羲签赠平冈武夫《日知荟说讲义》　　/ 144

易越石签赠王植波《现代篆刻合集》　　/ 150

百剑堂主签赠本《艺林丛录》　　/ 157

杨铁夫签赠本《抱香室词》　　/ 164

黄锵签赠本《衡阳抗战四十八天》　　/ 172

俞平伯签藏《脂砚斋重评石头记（甲戌本）》　　/ 181

徐旭生签赠本《壮悔堂文集》　　/ 188

董桥签赠本《白描》　　/ 195

徐复观签赠木村英一《增补石涛之一研究》　　/ 203

胡茵梦签赠本《胡言梦语》　　/ 211

郑子瑜题记本《郑子瑜选集》　　/ 218

褚问鹃签赠本《饮马长城窟》　　/ 225

顾廷龙签赠吉川幸次郎《古匋文䰞录》　　/ 232

辜鸿铭签赠本《尊王篇》　　/ 243

沈从文锦绣豪华签名、编号本《中国古代服饰研究》

《中国古代服饰研究》驰誉书界多年，曾作为国礼赠与日本天皇、英国女王、美国总统，但其成书及出版过程却极为坎坷。《红楼梦》"字字看来都是血，十年辛苦不寻常"，而此书从酝酿构思、收集资料、埋头创作，直到付印出版，用了近二十年，其间又是避嫌"帝王将相""才子佳人"，又是正遇上十年动乱。

沈从文先生是二十世纪中国最重要的作家之一，曾两次入围诺贝尔文学奖提名。他以《边城》为代表的小说创作，表现的是"美在生命""人与自然契合"等普遍人性，堪称中国现代文学的"桃花源"。然而他用以感动世界的，只是他前半生的创作，是"吃老本"。一九四八年，他被郭沫若点名批评，从此背负沉重的政治压力，认为"阳光不再属于我有了"，天天念叨要"回湘西"，两度自杀，两度被妻儿救下。此后，他完全放弃了文学创作，一头钻进文物堆里，不料却站上了另一个高峰。

这部《中国古代服饰研究》本来是他的救命稻草，不料却又成了他精神世界的桃花源，几乎占满了他的后半生，在学术圈为

他赢得的盛誉并不在文学之下。一九四九年，他被安排在中国历史博物馆工作，负责清点文物，兼任讲解员。有一次周恩来总理谈起，出访国外时常被邀请参观服装博物馆，我国可否编一本中国服装史的图书，作为礼品馈赠国际友人。当时的文化部副部长齐燕铭便说这个事沈从文可以做。

　　文学家兼作学问，本是中国士大夫的一大传统，在清朝尤其成为常态。若只通诗文，却没有几本考证经史的著作，都不好意思出来见人。到了民国，新文化运动之后，风气却又一变，文学家就是文学家，学问家就是学问家，如郭沫若、陈梦家、闻一多、钱锺书这样能搞创作也能搞学术的，并不多见。沈从文这样一个沉浸在梦想中的纯文人，突然搞起学术研究，很给人突兀之感。但撇开政治因素不论，仅就其性格而言，却是一脉相承的。

他在大学教文学时，对学生习作的批阅极为认真，连标点符号都不放过，因为他认为文学创作是个精细活儿，非得付出极大精力才可。他这份认真，成就了这部中国服装史的奠基之作。

在收集大量资料的基础上，沈从文从一九六三年以主编身份正式开始编纂此书。一九六四年初步完工时，并无后来那么大的块头，书名叫"中国古代服饰资料选辑"。文化部非常重视此书，历史博物馆与中国财政经济出版社举行联席会议，协商出版事宜，计划于当年国庆节前出版，还请郭沫若作序。但郭序只有区区二百余字，且只字未提沈从文。全文如下：

> 工艺美术是测定民族文化水平的标准，在这里艺术和生活是密切结合着的。
>
> 古代服饰是工艺美术的主要组成部分，资料甚多，大可集中研究。于此可以考见民族文化发展的轨迹和各兄弟民族间的相互影响。历代生产方式、阶级关系、风俗习惯、文物制度等，大可一目了然，是绝好的史料。
>
> 遗品大率出自无名作家之手。历代劳动人民，无分男女，他们的创造精神，他们的改造自然改造社会的毅力，具有着强烈的生命脉搏，纵隔千万年，都能使人直接感受，这是值得特别重视的。
>
> 一九六四年六月廿五日　郭沫若

二十世纪三十年代，沈从文少年意气，写文章说郭沫若只适合写诗写杂文，不适合写小说。一九四八年，郭沫若发表《斥反动文艺》一文，将沈从文界定为"桃红色"作家，逼得沈从文精神到了崩溃边缘。这干枯瘦硬的二百余字文章，或可说明些什么。

后书稿因排版延期，没有赶在当年国庆前出版。于是计划干脆精益求精，送各方专家审阅后再交文化部领导拍板。没想到由此竟一拖而再拖，一误而再误。不过是一部研究服饰的书稿而已，竟也成矛头所指。先是赶上关于帝王将相、才子佳人统治舞台的批评意见出台。在挨批之后，沈从文只好承认书中"佳人"多了，又对书稿进行修改。然后"文革"开始，不要说书稿出版了，就是沈本人，都被下放五七干校。他收集的资料大多也被红卫兵抄走，剩下的，被表侄黄永玉以每公斤七分钱的价格当废纸卖掉。

沈从文不死心，也不认命，他给历史博物馆的领导写信，要求继续完成这项工作，但都没有结果。后来，他只得给周恩来写信，申请回京工作以完成此书。幸运的是，他的申请得到了批准，于一九七二年回到北京。次年，书稿完成，他立即上交本单位——历史博物馆。但等了一年都没有回音，他便执拗地写了好几封信，终将书稿讨回，但图稿部分直到一九七六年才被退回。沈从文拿到书稿后，立即对书稿进行修改补充。这样，捱到"文革"结束，他才终于遇到了贵人。一九七七年，中国科学院哲学社会科学部分离出来，成立中国社会科学院，胡乔木任院长，将沈从文调到该院，着意照顾，在友谊宾馆租了两个大套间供他编书之用。这样一来，进度大大加快。

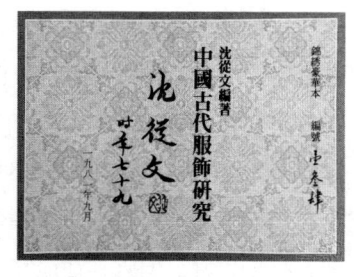

一九七九年，书稿终于完成，但可惜的是未能在内地付梓。一九八一年九月，由商务印书馆香港分馆出版此书，初版三千部，定价五百港元，在当时堪称昂贵，但一个月内即卖出两千部，轰动海内外。其中三百部专门制作了布函和礼盒，印有"锦绣豪华本"字样，编了号，请沈从文逐本签了名，每部售八百元。沈从文之书法本属上乘，扉页一律签"沈从文 时年七十九"字样，赏心悦目。消息一出，当时香港的大书店、二楼书店、二手书店都来购取，颇有狼多肉少之感，商务印书馆定个规矩，每店只许买一套，于是人人满意而归。

我这一套编号为"134"，得自香港旺角的香山学社，得书过程很值得一记。

香港二〇〇四年才对深圳开放自由行，我后知后觉，过了很久才知道到香港有淘二手书之乐。待我去时，很多好书已被内地人买走，如秋风扫落叶一般。当时就听说，不少书友买到了这个锦绣豪华签名本。其时，香港的旧书店已趋式微，仅在旺角、中环、北角还零落着十家左右，而如佐敦一带的几家已关门大吉。旺角的学津书店，主打库存的旧版文史书，屋顶横梁上放了一排精装大部头，其中就有部《中国古代服饰研究》，但不是锦绣豪华签名本。店主人名叫马赤提，名字怪，性格更怪，脾气很差，对我这种新面孔态度尤其不善，我又嫌这书重，负重无法再逛他处，所以放弃。待回头再访，已被人购去。还有一事，旺角洗衣街有名的新亚书店，店中挂了一幅沈从文的书法立轴，除这个豪华签名本外，架上还摆过一部一九八二年花城出版社和生活·读书·新知三联书店香港分店联合出版的《沈从文文集》，全十二册，品相也好。但因其在最高一层架上，来往书友都懒得垫凳摸高，所以几年岿然不动。后来被一书友买走，一翻之下，才知是沈从文的签名本，是为捡漏。当时新亚书店卖二手书极有气概，货源充足，定价低廉，也不在乎什么签名本、初版本。

位于旺角亚皆老街的香山书店，是香港最有个性的二手书店。店在三楼，楼下竟没有正式的店铺招牌，只用毛笔在一张八开大小的白色纸上写了"香山学社"四字，贴在招牌栏上，笔法极为狂放不羁。字如其人，老板陈溢晃先生是二十世纪五十年代生人，花白及肩长发，须如乱草，不衫不履，浑如丐帮中人，乍一看很是吓人。他二十世纪七十年代就在附近的上海街开了一家正心书局，主要卖民国以来新文学书。后来兴趣转移，开了一家正刚旅行社，主营文化旅游，每周都要带团出游，便把正心书局停办了，把书堆在亚皆老街自家物业，业余兼营一下，另取名香山学社。

我赴港百十来次，几乎每次都会和陈先生畅谈，从他那儿了解了很多香港书界掌故。他上海街那边房子还在，天台上小阁楼堆满了书，三十年不曾动过。他带我去看，阁楼极小，杂物亦多，积尘极厚，银鱼横行，前后去了三次才将存书看完。这些书大多是民国版新文学书，坊间已不多见，但有个共同问题，即书脊几乎全部被银鱼啃光，封面、封底、内页有很多虫斑虫沙，有洁癖者应不会再感兴趣。然我书癖太深，锁眉闭气为之，每次都弄得灰头土脸、汗泥俱下，如打了一场惨烈战役。但收获还是颇丰，诸如鲁迅、周作人、林语堂、徐志摩、丰子恺等热门作家的都有。不过陈老板是行家，虽主业改了，感情和见识俱在，诸如初版毛边本，他便会说"还不到卖的时候"，返身放入内室。他性极随和，卖书标价亦很公道，但每每此言一出，便绝无转圜余地。

但他又常给我意外的惊喜。他店中有一部一九五九年新中国成立十周年大型纪念画册《中国》，摆在柜台边多年。想来必有很多书友死缠硬磨过，被他一一以"时候未到""退敌"。这部书十分有名，书友趋之若鹜，我亦不能免俗，但同样一直被他婉拒。近些年我因工作原因，极少赴港，与陈老板只能以电话叙谊。有一次我出国，路过香港机场，他得知后，突兀地打电话跟我说："那部《中国》画册就卖你吧，但你要来取一下。"我直奔旺角。携书而去，真有如梦如幻之感。但后来这样的好事不止一次，这部锦绣豪华签名、编号本《中国古代服饰研究》就是这样购来的。不同的是，之前我并未在香山学社见过此书，应是深藏内室的。他竟能主动割爱，足见对我的抬爱了。这些年香港书界受内地影响，变得急功近利，神州书店在孔夫子开网店，新亚书店转型旧书拍卖，几无净土，如陈溢晃先生这样尚能保持老派书香本色的，已绝无仅有了。

《中国古代服饰研究》港版问世后，台湾即出现盗印本，还将作者名字隐去。港版问世后，沈从文有意犹未尽之感，希望此书以更高水平在内地出版，于是撑着病体，拼尽力量进行增订工作，直到一九八八年因心脏病复发逝世。他的助手王㐨、王亚蓉、李宏继续整理，五年后增订版终于问世，但仍由商务印书馆香港分馆出版。奇怪的是，其后十年内地虽由上海书店出版社和商务印书馆分别出版该书，但都是三十二开的普通版本，单色印刷。按理说，港版那种彩图巨制，才配得上这部美轮美奂的巨著。从这个角度来看，沈先生也算是赍志以殁了。

值得一提的是，二〇〇二年北岳文艺出版社推出《沈从文全集》，其第三十二卷即为《中国古代服饰研究》，十六开，全彩印刷。

吴佩孚签赠工藤忠《循分新书》

从小，我就知道，吴佩孚是屠杀工人、阻挠北伐的反动大军阀。如今网络时代，信息充足，人们对历史的看法更为充分客观。比如"百度"条目下的吴佩孚，其功，其过，包括"二七"惨案屠杀工人等事，都客观记载在案。

多年前，我出了第一本书《乱世掌国：平议民国大总统》（九州出版社），在梳理资料时发现，与吴同时代的人物以及后来史家，对吴大多持尊崇有加的态度。除肯定其作为军事统帅的才能外，尤其推崇他的私德。吴佩孚以关羽、岳飞自命，一生临节不夺，战败下野后坚决不居租界，晚年拒绝日本拉拢，终以此暴死于日医之手。他在四川国学会讲演时说："今世道愈非，人心益薄，首宜由礼教入手，以维持数千年之国粹，须讲三纲五常五伦八德。"有记者采访他如何看待鲁迅，他回答"我不看民国以来书"。这是因为他深感民国以来道德沦丧，国将不国。他在四川绥定河市坝对川陕边防军官佐及本部随员训词曰："要想恢复民国共和，须先恢复中国一贯相传之忠孝节义。此种道德，渊源甚大，可以说是与中华民族共生死、共存亡也。"

我写了《咏北洋史事》七律十二首作此书之跋,其中一首写吴佩孚:

> 广陵听罢泪沾巾,如此英雄未朽身。
> 河洛纵横来又去,京华歌舞玉成尘。
> 国中之战非名将,攘外无功则乱臣。
> 百姓从来多薄幸,至今谁忆旧功勋。

吴佩孚除被人尊称为"玉帅"外,还有一个绰号"吴秀才":除好作诗外,他还著有几部阐述性理、立德修身的书。一九二七年,吴佩孚受北方国民军与北伐军夹击,败走四川,托庇于杨森。在川五年,整理诗集《蓬莱诗草》,写了《循分新书》。一九三二年移居北平,受张学良优礼,但无力东山再起,遂与江朝宗等组织"救世新教会""明经学会",经常对社团演讲,后整理为《正一道诠》《明德讲义》《春秋正议证释》三书。

多年前,我在东京神田神保町的卧游堂书店,看到一九三九年北平白纸木刻初印本《春秋正议证释》。此书初印五百部,修

订后又印了一千部。初、二印的函套、用纸、开本均同，都有吴佩孚的三处题签，一在函套，一在封面，一在扉页。区别只是一印后附《刊书志实》，二印则加附了一篇《印书再志》，皆为印工倪宝麟所记。初印于一九三九

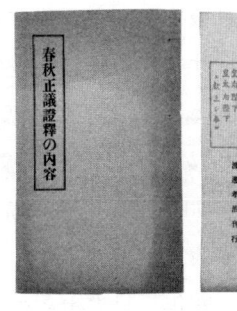

年孟夏，二印于当年中秋，吴尚健在，但阳历十二月四日即暴卒。坊间多见二印，且多在日本，我见过不少，每部都附有日人渡边孝治刊行的《春秋正议证释の内容》薄册，题"吴佩孚口授冈野增次郎笔记"，有的扉页还印有"本書裝幀成ル謹テ 天皇陛下 皇后陛下 皇太后陛下 ニ獻上シ奉ル"字样的朱钤。薄册内容包括两部分：一是一九三九年在北平东城什锦花园吴宅冈野与吴佩孚会谈的记录，吴阐述春秋义理，并推衍及中日关系；二是对吴在明经学会关于《春秋》"隐公"章节的阐释之记录。日人如此重视此书，足见对吴的推崇。

此书一印稀见，但卧游堂价格偏贵。我当时尚不通日语，试图与老板讲英文，终是无法沟通。正胶着时，突然横空飞降一人，立于我二人之侧，汉语日语无缝衔接，气氛立时融洽，似春回大地。当时场景，就像吕方、郭盛的两只方天画戟的豹尾绒绦搅在一起，被花荣一箭射开。卧游堂主人野村龙夫相貌粗豪，衣着通脱不羁，但其气质仍嫌循规蹈矩，不脱日本人本色。而此天外来客虽身着正装，却似白马银枪，令人眼前一

亮，毫无刻板拘谨之态。我在心里喝彩，日本居然有如此人物。倾谈之下，才知这位吴忠铭先生是沈阳人，二十世纪九十年代随父母入籍日本。他父亲藏书极富，在神保町一带很有名气。他虽从事高科技行业，但自幼浸濡书林，早已是行家里手，对东京旧书界了如指掌。结识吴先生，我在日本的访书之旅，就不再是盲人摸象了。

二〇一四年，吴先生在神保町车站附近开了一家光和书房。我去拜访，但见琳琅满目，目不暇接。徜徉许久，选了不少心仪之物，如胡适签赠本《胡适文存》、上海镇守使郑汝成手札、袁金铠《傭庐诗文存》、周作人题书名《山歌》等。但最令我心潮澎湃的，还是这本吴佩孚的签赠本《循分新书》。下款题"吴佩孚印赠"，并有"吴佩孚印"朱钤。题上款的位置撕缺一大块，其余为"工藤先生正"。此书线装铅印，刊于一九三〇年。当时，吴尚在四川，怎会与日本人来往？此"工藤先生"又是何许人也？

《循分新书》上下二卷：上卷三十二章，包括"正心""保身""效忠""知耻""尚廉""仁民""爱物"等章；下卷十二章，包括"子必孝顺""妻必柔顺""朋友必选择""报

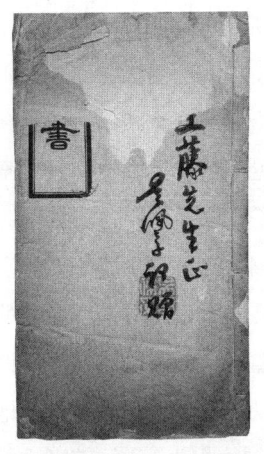
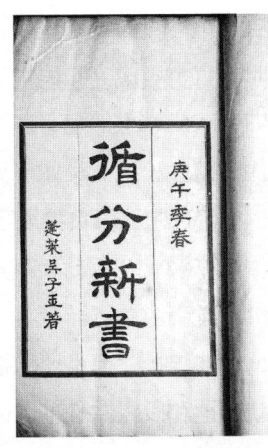

应必确信"等章,都是关于修身齐家的发挥。"循分"意为恪守本分,即《弟子规》之"上循分,下称家"。戎马倥偬时,吴顶多"夜读春秋",绝无精力行著述之事。入川之初,他通电表示"入川游历,不问政治"。他当大帅有征服欲,当"吴秀才"有训诫欲,所写内容,都是不容辩驳的。但民国军阀,最能写的还不是他,而是阎锡山——晚年在台北菁山结庐十年,写了逾百万字,阐述"中"的理念,规划了未来三百年的中国发展之路,吴佩孚不及也。

但吴佩孚告别政坛,到底只是个无奈之举,他本不肯认命。一九三一年甘肃突发"雷马事变",省主席马鸿宾被冯玉祥的旧部雷中田扣押,甘肃陷入僵局。吴佩孚觉得机会来临,与陇省一拍即合,以调停人身份驾临兰州,入驻专门为他准备的"吴上将军行辕"。未到兰州,他已到处封官许爵,并着力拉拢西北各省,终得到甘肃、青海、宁夏、新疆等省的"拥吴"通电。他会见政要之时,直言应废弃三民主义,现场更撤去了总理遗像。事闻于蒋介石,深感事态严重,遂令杨虎城率陕军进攻兰州,雷中田抵挡不住,携款出逃。吴佩孚见大势已去,仓皇经宁夏、包头逃亡北平,幸好还有张学良接纳了他。

对吴佩孚来说,"反动大军阀"这顶帽子确乎太重了,但近年来的评价又过于溢美了。尤其是他于日占时期在北平的表现,既非峻拒,亦非婉拒,而是"拖拒",能谈则谈,不能谈则拖。蒋介石早就请他和段祺瑞南下,以免是非,段即成行,他却坚持不走,而且标榜气节,不入租界。据溥仪《我的前半生》回忆:"我在天津的七年间……军阀……都给过我或多或少的幻想。吴佩孚曾上书向我称臣……"就算吴佩孚留恋大清,有忠君思想,但他以关、岳自命,口口声声要抗日,当时溥仪与日本人打得火热,他又去凑这个热闹,真是大可不必,好在他并未加盟"满洲国"。到日占时期,他虽与日本人接触,接受伪政权奉上的车马费,却只想由自己做主,而不愿做日本的傀儡。日本人终对吴佩孚失去了信心和耐心,借治疗牙痛之机将吴佩孚杀害。国民政府对他隆重旌表,备极哀荣。

工藤先生应是溥仪的侍卫长工藤铁三郎,他本是个浪迹天涯的浪人,以个人身份追随过很多中国政要。后经前清遗臣升允的推荐,当了溥仪的侍卫。他追随溥仪直到"满洲国"覆灭,长达十五年,是溥仪最信任的人,并为他赐名"忠"。他对溥仪的忠心,甚至高于对日本之忠,后来他在东北,经常不满关东军的跋扈。联想到溥仪在天津时,吴佩孚曾来称臣,而《循分新书》正是讲恪守本分的,君臣之道也是个中之义,因此携来献给"皇上",其时工藤忠在侧,天壤间遂有此签赠本。

胡适签赠芳泽谦吉《胡适文存》

那日在东京吴忠铭先生的光和书房,他抱来一大摞书给我看。我曾拜托他留意老舍的旧版,这摞书中就有不少,既有民国版,也有二十世纪五六十年代的香港版本。按我的习惯,当然是尽数收入囊中,老舍的书我都会送给好友周剑先生,其他书正好充实我的民国版书架。不经意间,有三行字扑入眼帘:

  赠呈

    芳泽公使

      胡适

一开始以为是印上去的,仔细一看,确然是胡适的签赠本。吴先生好书太多,对这种书不太上心,但我还是得提醒他一下。他取来一观,也是欣喜不已。看他喜欢,我就没好意思再开口求购。待翌年重来时,又问起此书,吴先生欣然割爱。

《胡适文存》第一集一九一一年由上海亚东图书馆出版,共四册,据胡适自序,是他"十年来做的文章"。后来又出了二集、三集,都印刷多次,流布极广,成为最常见的民国新文学书之一。这一大撂书里,还有三集的若干零本,但只有这本《胡适文存》第一册有胡适的亲笔题签。

对于胡适主导的白话文运动,我是很有看法的。专门写过一篇《驳胡适〈文学改良刍议〉》,逐条驳斥他所谓的"八病",此文收入陈永正、徐晋如主编的《百年文言》(浙江古籍出版社二〇一五年版)。我总觉得现代中国人学这么多年语文,却少有能落笔成文、出口成章的,问题的根子正是白话文运动。这个运动不尊重汉语和汉字的特点,一度以汉字罗马化为方向,鲁迅就说"汉字不灭,中国必亡"。"文言"其实就是"书面"的意思而已,和白话文那么尖锐地对立起来,本无必要。林纾在与新文学作家论战时提出,若尽废古文,则"凡京津之稗贩,均可用为

齐白石为芳泽谦吉所治印

教授"。在《论古文白话之相消长》一文中，他以白话文先行者的身份，指出"古文者，白话之根柢，无古文安有白话"，并感慨"吾辈已老，不能为正其非，悠悠百年，自有能辩之者，请诸君拭且俟之"。悠悠百年后，林纾的话颇多应验。如胡鞍钢教授把自己的书这样签赠——"惠赠某某"，再如北大校长读错字等等，都是贻笑大方之事，我总觉得与咱们的语文教育有关。

但胡适在他的时代，是一代人的偶像；连住在紫禁城里的废帝溥仪，都听说了他的大名，邀请他进宫做客。他师从杜威，推崇实验主义，提出以"大胆假设，小心求证"为核心口号的一套治学方法，在当时很有号召力。但黄侃、朱希祖、冯友兰等人讥讽胡适写书常是写到一半就写不下去，如《中国哲学史大纲》《白话文学史》都是，黄侃更公开调侃他是"著作监"，"下面没有了也"。不过胡适有很多厉害学生，如顾颉刚、罗尔纲、吴晗，都是能把书写完的成功学者。

胡适终身不是什么专家，他什么都搞，样样都摸一点，"但开风气不为师"，博学而无所成名，是一个非常现代性的人；但他未受传统经学训练，按传统标准，老一辈人看不起他。

胡适在政治上的表现，精彩程度并不逊色于学术。他挟在学术界取得的巨大声望，从二十世纪三十年代开始深度参与中国政治，尤其是外交。一九三八年就任驻美大使，蒋介石要他在美进行抗战宣传。在宋美龄出马之前，蒋有事找美国，都通过胡适。美日太平洋开打，胡适是历史见证人。一九四八年，国民党一度想支持胡适竞选行宪后的第一任总统，再由他任命蒋介石为行政院长，实行内阁制，后因中执委不同意而作罢。在台湾，胡适坚持自由主义立场，与蒋介石多有争论，还卷入"雷震案"，但蒋未予追究。

胡适担任美国大使，一意要使美日交恶，令日本如临大敌。珍珠港事变一爆发，罗斯福即召见胡适，告知对日本作战的决定。他这美国大使是不辱使命的。但很少有人知道，使美并非他的夙愿。三十年代，中国最大的政治是中日关系，胡适有书生报国之志，最想做驻日大使，多次毛遂自荐，未得允许。胡适一直被认为是对日主和派。他自认为是清醒和理智的，认为战争是大事，应尽力避免，单凭爱国主义不能救国。日军攻下平津后，朝野主和之声日炽，与汪精卫、何应钦、孔祥熙等同步，胡适亦主张"忍痛求和"，其意见由汪精卫转呈蒋介石。这些人直到汪精卫投日后，才噤若寒蝉。

胡适还曾说出"日本只有一个方法可以征服中国，即悬崖勒马，彻底停止侵略中国，反过来征服中国民族的心"（一九三三年三月二十二日《申报北平通讯》）这样的话，在民族主义高涨的氛围下，不被误解才怪。鲁迅就立即给他戴上一顶高帽子："不愧为日本帝国主义的军师。"但胡适面对日本人时，却完全不像一个主和派。在一九三六年的太平洋国际学会第六次年会上，日本代表芳泽谦吉极力否认日本阻挠中国统一和复兴，并称中国只有改变反日的态度，与日本合作，才有和平与安宁之可能。胡适则毫不客气地指出：中国任何政府，凡力足以统一国家而增强国家之地位者，皆非日本所能容忍，此在日本，殆已成为定策。日本以武力占领东三省后，对于中国，即已酿成一种战争状态，不但中国经济复兴运动为其所阻挠，即他国与中国合作事业，亦因此而无法进行。其用意即为阻挠中国之民族复兴。中国兹已抱定决心，誓必奋斗到底，以维护本国之生存。这哪里是日本的军师呢？

这位芳泽谦吉是日本前首相犬养毅的女婿。一九〇〇年他二十六岁时就被派驻厦门任职，一九二三年开始担任驻华公使，任职六年，是日本最有名的"中国通"之一。他不仅与中国的军政人物过从极密，与文化名流也多有交往，比如，齐白石就给他刻了数十枚印章，他也常去看梅兰芳的戏。胡适当时正在北大任教，以他"活泼好动"的性格，与日本驻华公使有交往毫不奇怪。

芳泽谦吉很自信，说自己"不为一般中国国民所厌恨"，他的政见与日本军部确有不同，但他并不是亲华派。张作霖退回东北前，芳泽谦吉跑来见张，谈了三个小时，喋喋不休地要张答应出让"满蒙权益"，气得老帅拂袖而去，会议不欢而散。据说，他还对张说："恐怕未必回得去吧。"半个月后，张作霖在皇姑屯被炸死——果然没能回得去。据关东军参谋长斋藤恒的日记记录，芳泽谦吉正是暗杀阴谋的参与者之一。这样一位阴恻恻的"龌龊""岛夷"（见胡适致胡绍庭等人书信），适之，适之，你怎么跟他搞在一起了！

卞之琳签赠李浩昌《雕虫纪历》

二〇一二年七月二十三日，香港遭到了台风"韦森特"的正面袭击。那日正值香港书展，在狂风暴雨中，香港市民排了长达数公里的队。香港建筑一向秉承人与自然和谐相处的理念，较少割裂感，尤其是廊桥建得都很好；但在这种极端天气下，廊桥也起不到任何作用。倒是五颜六色的雨伞，连成一条鲜艳的长龙，这场景真令人震撼！我想，无论东京、伦敦、巴黎会怎样，反正中国内地没有一座城市的市民可以做到如此"无聊"。

到了下午五时左右，由于已刮起八号风球，按照香港法律，书展宣布闭馆。白白排了几个小时长队的人们逐渐散去，我也是其中一员！意犹未尽之下，忍不住给住在湾仔附近的黄志清先生打了个电话，结果他非常热情地邀我共进晚餐。

黄志清先生于二十世纪三十年代末，毕业于香港大学中文系，是小说戏曲领域的专家。他刚毕业时就背靠大学资源经营二手书，办过一家汇文阁书店，兼营出版。我有一本他自己编的《周作人论文集》，非常稀见，他本人也已没有，我是在香山学社买的。他四十多年来经手的书，已似恒河沙数。他对我说，香港做二手书的，以徐炳麟为第一，他是第二。但徐先生是李济深的老部下，在港经营书店，背靠的是整个内地，相当于"南下干部"。他则是白手起家，却也一样做得轰轰烈烈——这才是本事。他常说我来得太晚，如果早五年遇见他，不知有多少好书可以交付。每次他说起这一出，都惹得我无限遐想。

家在深圳，到香港访书是我一大爱好，但多年来我并不知道还有他这样一位书界前辈。得识黄先生，是因了日本北九州中国书店小田隆夫先生的引荐。小田先生古道热肠，待我如父兄，他说自己在香港有一位数十年的老友，手里有很多好书，强烈建议我去拜访一下，并当场给黄先生打了电话。一从日本回国，我便到湾仔跑马地黄先生的家里拜访，从此一发不可收拾，我俩成了忘年交，不仅我常到访，他也常坐港铁到福田来找我喝午茶，一点都不像七十多岁的老人。每次聊天，我都受益匪浅！尤其是对香港老一代文人，他娓娓道来、如数家珍，我多次央求他系统梳理一下，他口述，我来记录，一定会给香港文坛再添佳话；他却总是说太忙太忙，又要点校古籍，又要写论文，这件事好是好，但还是以后再说。

那晚虽是台风天气，我们仍照例在跑马地的英皇骏景酒店吃了晚餐，相谈甚欢，饭后我又照例去旁边他的家里盘桓。这一带住了很多大学教授，从他家窗外望去，就是饶宗颐先生家。他的收藏，允许我自行取看，因此得以一览无余。总体而言，确已是大浪淘沙之后的景况。排沙简金，往往见宝。尤其他一度研究中国古代的色情文学，且对这部分收藏特别惜售，因此我得以看到不少清朝和民国的春宫图册页，还有《贞淫看破法》《浪史奇观》《古代采补术搜奇》《历史性文献》等五六十年代香港特有的出版物，洵属奇观。

在他手里买到一套一九五七年文学古籍刊行社影印出版的《金瓶梅词话》。书界有一个传说，二〇〇三年深圳东门的博雅书店从它的母公司回流了很多库存图书，其中就有一批此书，但过海关时被当作"淫秽图书"予以没收。要知这套书后来贵得离谱，若此事属实，那真是书界一大劫难了。这套书共二十一册，第一册为插图，黄先生却把插图单独利用了，影印了很多本，却把原本损毁扔掉了，因此这套书他只剩下了二十本。册数不全，价值自是一落千丈，真是暴殄天物了。

可能是因为我顶风冒雨来得狼狈，这一次黄先生对我格外关照，先是拿出一部朵云轩一九九〇年以传统木版水印技术复制的《明刻套色〈西厢记〉图册》，作价一万元给了我。这部书用德国科隆东方艺术博物馆所藏的明代崇祯年间闵刻《西厢记》插图为底本，重新摹刻套印，以锦绣设面，以红木镶边，另制锦函，仅印三百套并编号。民国以来有名的仿古套色版本如《十竹斋笺谱》《北平笺谱》《萝轩变古笺谱》等，均不能与之相比。看了此书，你才会相信，原来四百年前的明朝，就能给人如此匪夷所思的视觉冲击。

这部书一直安置架上，所以我并不意外。但黄先生不知从何处取出几本小书，却很令我诧异，始知这一百多平方米的"豪宅"里，居然还有我的"盲区"。这几本书，有陈寅恪《论再生

 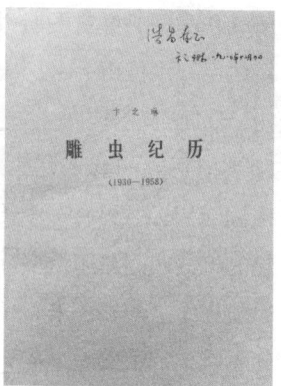

缘》、卫聚贤《封神榜故事探源》，都是五十年代港版。《论再生缘》再早由香港友联社出单行本，初版时陈寅恪先生尚在人世，先生逝世后又出了再版，台湾地平线出版社于一九七〇年跟进出版。卫聚贤先生是黄先生的老师，黄先生对饶宗颐先生颇有微词，对卫先生却非常敬重。卫先生是山西乡贤，外号"卫大法师"。他的学问太过闳富，有点大而无当，比如他写过一本《中国人发现美洲》，说根据史料记载白居易养过一头羊驼，等等。且此书有两个版本，一个版本很薄，一个版本却极厚，真是怪事。

另三册都是签名本，端的是意外之喜。一是卞之琳的《雕虫纪历》，一九七九年人民文学出版社初版，精装，有护封。扉页题"浩昌存正　卞之琳一九八〇年十二月四日"。卞之琳是徐志摩最看重的学生，在现代诗坛成就高，地位也高，在香港亦有研究他的专家。他最有名的诗，当然是《断章》：

24

你站在桥上看风景,看风景的人在楼上看你。

明月装饰了你的窗子,你装饰了别人的梦。

熟悉现代文学史的人都知道,他一直暗恋张充和,即沈从文夫人张兆和之妹,有名的"合肥四姐妹"的小妹。二〇一五年,张充和在美国逝世后被誉为"民国最后一位才女"。卞之琳始终不敢表白,只知道写在诗里。徐志摩说:"得之,我幸!不得,我命!"卞之琳得不到爱情,却收获了诗歌的生命。《雕虫纪历》收录他一九三〇至一九五八年的诗作,但其中不全是爱情诗,比如这首《第一盏灯》:

鸟吞小石子可以磨食品。

兽畏火。人养火,乃有文明。

与太阳同起同睡的有福了,

可是我赞美人间第一盏灯。

第二本是王佐良翻译的《彭斯诗选》,一九五九年人民文学出版社出版,精装,有护封。王先生毕业于西南联大,是翻译大家,尤其专于英国诗歌,是这个领域的绝对权威。此书扉页贴了一张澳洲阿德莱德酒店的便笺,题写着:

浩昌先生:

旧译《彭斯诗选》殊不足取,惟长诗如《汤姆·奥桑

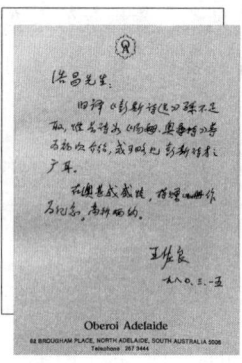

《特》等为初次介绍，或可略见彭斯诗才之广耳。

在澳甚感盛情，持赠此册作为纪念。尚祈哂纳。

王佐良

一九八〇、三、一五

第三本是香港著名编辑黄俊东的《现代中国作家剪影》，香港友联社一九七二年出版，也是题签给"浩昌"的，落款时间为一九七三年。黄先生因工作之便，与老一代文人音书不断，遂成为收藏大家。近些年不断送交新亚书店拍卖，我也竞得一些，如李金发、吴小如、余英时等人的手稿等。

黄先生写有三本著作，另两本是《书话集》《猎书小记》，是书话界的名著，我之均得自黄志清先生。

后根据相关规定，我一年只可因私出境两次。由于去香港会占用一次机会，因此我只能选择长假出境时从香港机场起落，以此腾出半天时间拜访一下老朋友。我与黄志清先生的"双边互访"遂成"单边"。他身体素来极佳，搬书、提行李，都是亲力亲为，每年还要独自坐飞机去美国看女儿。后有一段时间他没来，打电话说"偶染小恙"，但之后就没了音讯，打去电话也无人接听。好不容易等到春节，飞日本时路过香港，先生的电话仍是始终无人接听。过了数月，电话终于打通，是他太太接的，在电话那头啜泣，说先生半年前得了癌症，很快就病故了。这真是个噩耗，我至今都觉得无比遗憾，这件事情成了促使我后来下海的原因之一。

"浩昌"何许人也？当年不曾问起，而今黄先生在天国，音容迢递，无从再问。后由香港的林曦兄解惑，知是香港著名电影评论家李浩昌，别名舒明，一九四五年生于澳门，现在香港书店的架上，有他不少专著，如《平成时代的日本电影》等。他是新诗爱好者，七十年代香港大学出版社和香港中文大学出版社联合出版的《现代中国诗选》，他和黄俊东、古兆申（苍梧）以及卞之琳研究专家张曼仪等同为编选者，其所选诗，何其芳最多，其次就是卞之琳。

此次写这个签赠本专题，找出《雕虫纪历》和《彭斯诗选》时，发现有虫蛀迹象，虽只是初露端倪，却已足够令我震惊。我马上用了当代藏书第一人韦力先生传授的绝招，先将之放在真空塑料袋内，再放入零下十八摄氏度的冰柜中二十四小时，终是彻底消除了隐患。但奇怪的是，架上那一格的书，只有这两

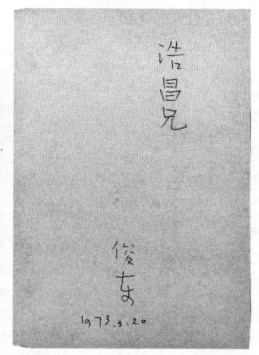

本逢此无妄，其他都完好如初。此事再次证明，银鱼儿不愧已在地球生活了三亿年，确是有灵性的，它专挑有故事的好书下嘴，一般的书它才看不上呢。

刘旦宅签赠南怀瑾《刘旦宅书画集》

一眼望去，几十年来的出版物，除了教材教辅外，最泛滥的莫过于南怀瑾的了。有道是，肥水不流外人田，金庸、李敖和南怀瑾都有自己的出版社。金庸含蓄些，因原隶属明报，就叫"明河社"；李敖狂傲，就叫"李敖出版社"；南怀瑾"欲笑还颦"，五个草字做logo（标志）——"南怀瑾文化"。南怀瑾的书在大陆由复旦大学出版社于一九九〇年出版，数年内发行逾百万册，超过金庸，遑论李敖。

当年在复旦，常听到老师们揶揄出版社，彼此还露出会心的微笑，"罪名"就是居然不顾尊严出南怀瑾的书。谨遵师训，南大师的书我一本都没看过，故不予置评。后来我买书汗牛充栋，南大师的书只有两本，一本《金粟轩纪年诗》，一本《对日抗战的点点滴滴》，前者是他的诗集，后者是他的口述回忆录，都是"南怀瑾文化"出版的。刚看到《金粟轩纪年诗》时，很是意外，因为没有想到南大师也作诗。一读之下，觉得格律是没有问题的，流畅可读，只是腹笥不丰，距"大师"二字距离明显。如作于一九四八年的《初游台湾杂咏》其二：

珠履樱花海国春，千秋成败等浮尘。
何期蜀道归来客，犹是天南万感身。

其四：

闻道延平破浪来，八千子弟亦雄哉。
沧桑历尽渔翁老，如此河山更可哀。

南怀瑾是温州乐清人，小学毕业考试倒数第一，只拿到肄业证书。抗战时在四川入伍，但未参战，而是到处拜师修佛，曾追随虚云大师以及大愚、普钦等汉密大师。他能解说佛法，遂得以在大学任教。后在台湾基隆行船运货，遇到大麻烦，几乎丢了性命，于是躲在陋室内开始写作，有了第一本书《禅海蠡测》。之后又写了《楞严大义今释》等，但几乎无人关注。他的崛起，离不开胡适、张其昀等贵人的大力推介；再加上二蒋搞"中华文化复兴运动"，他审时度势，由佛入儒，对儒家经典进行解释，得以声名鹊起。而他虽成为教授，却可以不到大学代课，主要行藏是给官员、企业家、官兵开培训课，一时名利双收，富甲教坛。晚年在苏州建太湖大学堂，居是间，于二〇一二年去世，享年九十五岁。

如果没有二蒋的"中华文化复兴运动"，南怀瑾大师应不会横空出世。而数十年后，该运动的中坚力量如徐复观、牟宗三、唐君毅等皓首穷经之辈都已乏人问津，只有南怀瑾盛久不衰。许倬云先生回忆他与南怀瑾见面，南一见面就说"许先生，我们的路子不一样的，我是另外一条路"。许倬云明白他的意思是，关门不谈，到此为止，因而觉得南"清楚得很，聪明人"。而大师的公子南一鹏也总结父亲："不同于学院派中规中矩的思路，这就是其讲学的风格，大抵能引起人们关注传统的心思，父亲的目的就达到了。"我朋友余世存先生虽不认可南怀瑾学术的严谨性，却又肯定其"打通了庙堂和江湖，为大众提供入门可能性"之功。这一评价，与时下受众对于丹等人的评价是一样的。

也许有人会说，钱穆先生也是中学肄业水平，不也成为海内仰望的学术大师？为何对南怀瑾那么苛刻？对此，应好好对比一下他二人的时代背景和生平经历。钱穆先生比南怀瑾大二十三岁，那个时代中国人的启蒙教育还是靠私塾，旧学底子是扎实的。钱穆因就读的中学停办而辍学，随后就任教于小学，几乎每天都在与经史过日子，但直到三十五岁才出版第一本学术专著《刘向歆父子年谱》，无疑走的是传统治学的路径。南怀瑾的路径则完全不同，他父子的自我总结是正确的。

我这两本南怀瑾的著作，虽是新版，却都购自北角渣华道的青年书局。香港的旧书店可分两种，一种艰难求存，一种悠然自得。悠然自得者，只有一种情况，那便是物业是自有的。我常去的十几家香港旧书店，只有香山学社和青年书局是自有物业，其他如新亚、神州，尽管名气大得多，也只是租客而已，只能艰难求存，逐水草而居。如神州就从繁华的中环摆花街，搬到了偏僻的柴湾一厂房内。

青年书局的老板陈明滨先生,年龄奔七,留了一部花白的山羊胡子,养了一只小小的梗犬。陈老板身体很好,非常健谈,经常让人不好意思说告辞。那只梗犬年龄不小了,这几年,我每次去都听到它打好几个喷嚏,像这间屋子的老太爷。这家书店历史悠久,书被"淘"得像嚼了一整天的槟榔,我每次路过都犹豫再三,才抱定"就扫一眼"的决心进去一下,但每一次都需和陈老板立谈半小时以上。

其实这家书店前些年没有这么"干涸"。十几年前我曾和马刀兄一起去过一次,他在前我在后,我居然淘到不少好书,比如刘逸生转赠本《九回肠集》、罗孚签赠本《南斗文星高》、高贞白签赠本《三百年来诗坛人物评点小传汇录》、朱子家(金雄白)《汪朝秘艳录》等,让马刀兄大为尴尬。后来我发现,这么多年青年书局最有价值的书,都是陆续从香港藏家方宽烈家散出的。方先生是世家子弟,一生收藏以文史资料为主,本人也是香港文史掌故一大健笔。去世前所撰《香港文坛往事》有许多重要的一手秘辛,坊间需求量极大,初印很快卖光,因方先生后人移居海外及版权问题,据说不再重版。

我从青年书局买到不少方先生的旧藏,其中最有价值的是民国以来人士的诗词别集,多为线装,如杨铁夫签赠本《抱香室词钞》、朱庸斋《分春馆词》、萧公权《画梦词》、张蝶圣《花活草堂遗稿》、吴天任《戊己之际国难纪事诗》等,大多贴有篆字"宽烈藏书"藏书票,盖有"梅荷双清阁"和"方宽烈氏"钤,虽没有显赫的版本,但都合我心意。不过,由于方的藏书是陆续到店,有别的买家也在关注,我又不能常去香港,因此我买到的应只是很少一部分。

方宽烈先生和我有一面之缘,但谈得投机。他是诗人,出版有《涟漪诗词》,初次见面自也是以诗为主题。当时他已八十六岁,看了拙诗后,居然提笔写信给我:

夏宇先生:

拜读你那册《百友堂诗》,内容不错,希望你继续创作,以文学挽救时下青年辈的轻视我国数千年文化遗产——诗词。

你的诗作似乎有点受到李商隐、龚定庵辈的影响,尤其是七律方面,像那首步黄仲则《感旧》的"怕醉频辞千日酒,为痴曾上七香车"、《练笔》的"江南尚有梅花信,海外全无抱柱岩",都婉转之至。至于那首《晚醉醒来》所作的七古,铿锵可诵,李贺所作,不外如此。

最令我惊讶的,一口气写了咏金庸小说里面的百位女主角,所吟都各有其特点,真不容易也。

至于词，几首《山花子》都不错！这词最重要的是结句三个字，精粹而不散漫。那阕《踏莎行》："还持如意掷珊瑚，赢得明珠如泪满！"佳，"人间始信倾城罪"，妙！

不过间中用典要留意，"登徒子"出宋玉赋，指轻薄儿好色之徒，多用在贬方面。此上

即颂

文安

方宽烈　10.8.3

方先生也是港澳诗词最热心的整理者，编有《香港诗词纪事分类选集》《二十世纪香港词钞》《澳门当代诗词纪事》等鸿著，从黄遵宪、康有为到他自己，巨细靡遗。我那诗册中，也有写香港的诗词，以他奖掖后进的热情，如果还有精力增订，也许会编选进去。孰料方先生竟于二〇一三年溘然仙逝，他这一走，香港的文统诗统也随之而去了。他去世前数年间，香港旧书界也发生了巨变，标志性事件便是执旧书界牛耳的新亚书店转型作旧书拍卖生意。于是，全港的旧书资源加速向拍卖行集中，在书店淘书的旧时月色顿时黯淡无光，对我来说，一个简单美好的时代结束了，书统也断绝了。

青年书局除方先生的藏书外，还有一个特色，即他家是南怀瑾著作在香港的专卖店。书店分三间，房间都很小，桌柜之间，几难转身，南怀瑾著作占满了中间那间。曾有一段时间，这里有

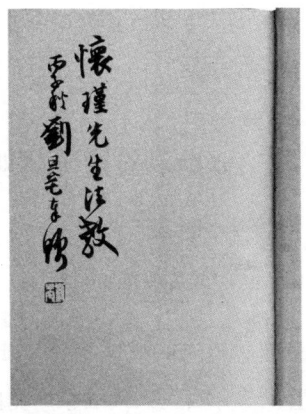

过一批从南怀瑾手里散出的书，但数量不多。我恰遇到过一次，其中只有一本是题有上下款的签赠本，即此《刘旦宅书画集》，题为"怀瑾先生法教　丙子秋　刘旦宅奉赠"。虽只一本，却洵足珍异。

刘旦宅是当代最有名的画家之一，画的《红楼梦》人物，比戴敦邦的还要深入人心。先生已于二〇一一年去世，何以能签赠南怀瑾？此书出版和签赠均在一九九六年，其时南怀瑾在浙江投资修铁路，任金温铁路公司董事长。刘旦宅也是温州人，同为文化名人，二人曾相过从是自然而然之事。王元化先生为此画集作序，引用了刘勰《文心雕龙·物色》的"写气图貌既随物以婉转，属采附声亦与心而徘徊"来推许刘旦宅的书画境界。刘先生的书画当然横绝一世，但文艺评论也真是"玄之又玄，众妙之门"。只不过刘先生的"玄"，和南先生的"玄"，又大有不同罢了。

张默君签赠陈冰如《白华草堂诗》

民国最风光的姐妹当属"宋氏三姐妹",因婚配孔祥熙、孙中山、蒋介石三大政治家,得以开创"宋家王朝",成为二十世纪中国乃至世界的一道风景。文人圈子则有合肥"张氏四姐妹",元和、允和、兆和、充和分别嫁给昆曲名角顾传玠、学者周有光、作家沈从文、美国汉学家傅汉思,围绕这一大家子的掌故不少,都是佳话。但女革命家张默君和她两个妹妹分别嫁给邵元冲、蒋作宾、竺可桢,就较少有人知道了。可她姐妹这金玉良缘,或虽不能及"宋家三姐妹"那么震烁古今,但比之"张氏四姐妹"则有过之而无不及。

张默君和秋瑾、徐宗汉、何香凝等一样,都是老资格的女同盟会会员。她也有一个很革命的名字,叫"张昭汉"。她尤其和秋瑾交好,一起在浙江策划革命,秋瑾被捕遇难之前,曾访她而不遇,留下"再见何期,前途珍重"字条——竟成谶语。她对辛亥革命有突出贡献。武昌首义后,她随父亲张伯纯赴苏州游说江苏巡抚程德全反正,程遂宣布江苏独立,任命张伯纯为参军。而江苏的独立使武昌获得喘息之机,革命党才有了与清廷谈判的筹码。

张默君又以兴办女学、提倡女权而知名，是民国著名的平民教育家和女子教育家，长期在考试院担任委员，在国民党内地位很高。她一九一八年赴欧美考察教育，其间在哥伦比亚大学进修教育学，其时正值哥大师范学院推行教育改革，针对工业和城市化的种种恶果，确立了以人格提升为出发点，以人的解放和社会进步为目的的教育改革策略。此次教育改革后来席卷全美并影响欧洲，具体而言是在大学本科阶段更加侧重通识教育，将大学教育的目的从培养"高级技工"升华为引领社会文明提升，遂对西方文明产生重大影响。与张默君同期赴哥大考察的还有著名教育家严修、张伯苓、范源濂，他们带回的教育理念深刻地影响了民国教育。张默君回国后任江苏省第一女子师范学校校长，即以"真善美"为校训，尤其注重品格修养、体格锻炼、社团活动、家事培训等，成效显著，获得"宁一女师，无不第一"的美誉。

她这一代女革命家眼界极高，择偶标准常是非英雄不嫁，如徐宗汉和黄兴、何香凝和廖仲恺、宋庆龄和孙中山、汤国梨和章太炎等，都是有名的革命夫妻。张默君看中的英雄是民国首任陆军部次长蒋作宾。蒋是第四期日本士官生，以地下革命党身份在清廷陆军部任军衡司长，随荫昌讨伐武昌起义时，又是拖延军火运送，又是联络各省起兵，又是帮黎元洪去调江西援兵，对辛亥革命立有殊勋。辛亥之末，二人同在革命军中，以同袍名义，张默君偕蒋作宾面见父母。只因并未挑明，蒋作宾竟与默君的五妹淑嘉一见钟情。张母何承徽对蒋印象亦佳，当场嘉许。蒋果然有军人的魄力，即请上司陆军总长做媒，择日便成了婚。张默君受此打击，乃发誓终身不嫁。

不久，却有一位刚从日本留学归来的弱冠青年邵元冲，字翼如者对默君释放炽烈的爱慕之情。当时默君在国民党部任编辑课长，元冲任《民国新闻》总编辑。不过是工作往来，竟让元冲对长自己七岁的默君一往情深。但默君对此不以为然，提出"非将军不嫁"，以此峻拒元冲这个文人。邵元冲后来成为军政人物，实因受到张默君鞭策之故。

一九二四年，邵元冲结束在英美苏等国长达五年的游历，回国追随孙中山，就任广州军政府多个要职，包括粤军总司令部秘书长。不久，黄埔军校政治部主任戴季陶神秘失踪，元冲接任。但元冲四平八稳的性格，极不受思想活跃的军校学生欢迎，称之为"催眠术主任"。不久，元冲被撤换，继之者为刚从法国归国的周恩来。

元冲事业受挫，情场却终获丰收。他一回国，获得"将军"身份，就写信给默君，默君极为激动，寄绝句六首为答，序云："自丙辰别翼如八载，彼此音尘断绝。昨忽得自美归后一书，縢以近制，极道离怀别苦，感而有作。"其一云："放眼苍茫万劫余，八年一得故人书。天荒地老伤心语，忍死须臾傥为予。"元冲大喜过望，乃有《留美八载苦不得默君书民十三年归国佐总理护法东致默长函及近著获诗大喜次韵六章》，其一云："娟娟骚怨郁毫端，宛转千回带泪看。石烂海枯盟约在，更无古井起波澜。"据说默君闻元冲在美与一华侨女子相好，大怒之下，将元冲所写书信付之一炬，据说有两千封之多，那便是每天都写了。"更无古井起波澜"，可能便是元冲的辩解吧。然而默君诗序明明说"彼此音尘断绝"，如何又来两千封之多，真相如何，也不必深究了。元冲离开黄埔之际，正是他和默君喜订终身之时。只是虚度这八年，默君已届四旬，二人虽然恩爱，但高龄终至难产，落得不育。倒赖蒋作宾夫妻将刚生的小女儿蒋硕能过继过来，取名邵英多。后来元冲又在上海一家私立医院领养一子，名邵天宜，以传承香火。

邵元冲对默君的爱慕实属难得，在美时就与好友黄季陆说"非张默君不娶"。元冲在日记中毫发毕现地记录了八年后重逢的情景："九时后至神州（女学）访白华，相见之下，几疑梦寐。白华状似微瘁，然英爽之气，仍不稍减。握手悲喜，百骸皆震。平生所蕴蓄欲言者，至是乃格格不知所欲吐，词句断续哽咽，每及悲怅处，几欲泪随声下，然恐益引起白华之酸辛，勉自镇定，然彼之眶亦微莹矣。余即以曩日密事，一一倾宣，华之意亦完全谅解，且对我怜慰有加。嗟乎！吾姊之遇我，深挚若是，我乃不早有以慰解之，悔痛之沈，弥难自安。此后再不倾肝胆，剖赤忱，以慰我姊，我真是忝面目矣。谈二时许，意犹未尽。"

察默君《白华草堂诗》《玉尺楼诗》，为元冲所作比比皆是，有《乙丑冬暮扫叶楼联句偕翼如》《欧战后大西洋放歌次翼如》《冬暮鹤亭招游鹤林招隐诸寺偕翼如》《重谒禹陵偕翼如》《暮秋海上闻笛怀翼如》《秋日醉翁亭怀翼如》《别翼如八年于甲子秋仲重晤海上》《甲戌纯探梅超山偕叙父侠魂翼如》《秋日微雨登岳麓山偕子威翼如次子威均并简春藻》《韬光同翼如作》《读翼如撰曼殊遗载题后》《春日寄翼如书牋一束》《少白渡头同翼如》《自题西园寻梦图寄翼如》《戊辰秋暮焦严碧山庵偕翼如》《庚午春梁谿探梅偕翼如》《仲秋偕翼如重游梁谿至秦氏佚园》《壬申岁朝汤山偕翼如》《癸酉夏登泰山摩崖偕翼如》《匡山月夜视翼如》等。"偕翼如""怀翼如""寄翼如""次翼如""别翼如""读翼如",恨不得时时刻刻都和元冲在一起,与元冲合二为一好了。而元冲的《玄圃诗存》,存诗寥寥,却亦有《乙丑冬暮扫叶楼联句偕默君》《送默君游普陀》《文定题近影贻默君》《结缡贻默君》《宛平怀默君》《默君自白下缄寄腊梅一枝感赋》《默君寄红豆兼词数阕含旨凝馨》《十九年春锡山梅园探梅兼览蠡湖诸胜偕默君》《二十一年元旦汤山休沐偕默君作》《癸酉秋送默君典试》《松谷夜宿偕默君君豪》《登衡岳同默君观日出》《重登泰华偕默君》等,也是"偕默君""送默君""同默君""怀默君""贻默君",让人惊诧世上竟有如此恩爱的夫妻。

后来,邵元冲在西安事变中被包围于招待所,欲逾窗而逃,被士兵射杀。张默君大恸之下,公开发表《秦变后之血泪》,写道:"哀吾翼子死国今五十余日矣,默自惊秦变及闻子受伤已将两月。此六十昼夜,吾无不在肺裂肝摧、泪枯肠断之时,累月不寐,痛一见之无期,并梦魂也不可得。每欲茹痛至诚,为文以诔子,为诗以哭子,辄因手颤心碎而止。呜呼翼子!吾侪报国同心,今余孤茕,后死诸责,义未能辞。惟愿知我天长地久,此恸无穷，此恨也无穷也。今月刊为纪念子之殉国，促予书此，强为之，不知是血是泪。深夜孤灯，掷笔大恸。"张学良的卫戍司令刘多荃后来很受蒋介石器重，曾任热河省主席，但默君的"无穷之恨"都倾泻在他身上，常散发攻击他的传单，其之后三十年的寡妇生涯，委实可怜。

我藏有张默君签赠本《白华草堂诗》（附《玉尺楼诗》）线装一册，民国二十三年（一九三四）刊于白下，木刻红印，白纸。扉页有默君亲笔——"冰如仁弟诗家　吟存　张默君持赠　三十九年庚寅春孟　时同客台州"，钤"张"一字之印。封面名签另作，可知原藏者为台湾文史学者王素存，钤"艺兰书屋"。当年在孔夫子旧书网有位黄谦先生，常向我推荐民国人物的诗词别集，我照单全收，此为其中一册，端的是意外之喜。起初，我并不知"冰如仁弟"是谁，后游台北有名的百诚堂书店，得陈冰如《钓鲲诗集》一册，才知"冰如"是一诗人。集中有《题同默君师摄影新兰亭》一首："风光犹似永和春，海上兰亭焕一新。愧我学书仍未就，卅年虚待卫夫人。"并附《默君师和作》："巢经海滋倏三春，日月双悬万古新。愧说芳猷散兰秘，誓凭玉手理天人。"

默君是民国

有名的诗家和书法家，是南社的早期成员。她擅写章草，陈衍赞她"作书行草神速，颇极南贴之美，尺牍寸楮，光彩照人"，这于此书所题可见一斑。此书前有陈三立、陈衍、伍非百、邵元冲序。陈衍赞她的诗才"其抚时感事，投赠游览之作，类能推陈出新，脱羁绁而游行"。其父张伯纯、母何承徽、舅何璞元均擅诗，陈三立和他们都很熟，说默君兼得三人之长。伍非百赞她"侠之骨，仙之气，骚之心，兼而有之"。邵元冲赞她"盖其自纾性灵，不事雕缋，故能修词立诚、衔华佩实而自成，其为默君之诗也"。她则自赞道："自有清刚在诗骨，欲扶正雅起骚魂。"还是自赞最为精炼。

默君的诗颇似秋瑾，不及秋瑾流畅，却较秋瑾沉郁。如《自题倚马看剑图》写道："云涛洞春淞滨，晞发荒江栖老屋。何当哀感来嵯峨，遥睇神州日初旭。神州有美气如虹，天挺英姿起南服。阆风吹衣雾縠举，惊采飙发清以穆。曼睩神涵天地灵，修眉秀夺天山绿。山川天地郁奇雄，孕毓斯人独迈俗。孤襟朗抱弩空冥，剑魂珠光回斗宿。人如神兮骥如龙，我欲从之横海陆。"她是女权主义者，谒武则天陵，便写道："天马行空天运开，天教渊度倚惊才。大周文字分明在，独创千秋史乘来。"元冲死后，她万念俱灰，隐居湘乡故里的"蓉庐"，写诗作画，遣送生涯，诗风却不肯为之稍变，如"我今消瘦胜梅清，起舞吴钩作怒鸣。傥问华郎何所似，三年泪雨不曾晴"，仍嫌杀气太重。

邵元冲任杭州市市长时，默君任杭州教育局局长，二人在杭度过一段美好时光。抗战后，默君便将元冲遗体移葬于西湖之滨，并亲撰墓联"学系梨洲船山一脉，葬依鹏举苍水为邻"，将文武双全的夫君与黄宗羲、王夫之、岳飞、张苍水并列，可见爱重之深。二人虽是不大般配的姐弟恋，却两不辜负。回想当初元冲说"非默君不娶"，这份豪情终有归处。看来爱情的要旨，不在其始，而在其终。

罗香林签赠梅贻琦《唐代桂林之摩崖石像》

二〇一九年六月,我在新加坡,一天傍晚,在意想不到的盛夏凉爽中品尝南洋美食。这时突然一阵惊天动地的轰鸣,几驾F16隐形战机从头顶掠过。惊问当地人,才知是迎接国庆日的排演。我孤陋寡闻,此时才第一次知道如果按人均规模计算,新加坡军事实力全球第一,总兵力虽只七万,装备却悉是顶级,除了从美国购买,自己也竟能生产最先进的战车。其还有一百三十万随时可战的常备军,以及三十五万预备役军人,再加上有樟宜美军基地坐镇撑腰,如此蕞尔小国,在东南亚竟像一个"平头哥",无人敢惹了。

如今中美贸易战一触即发,市场最有灵性,在新加坡数日,甚至都听得到资本流入的声音,真是一片欣欣向荣的景象。有人说,"北有日本,南有新加坡",这是当前经济很是景气的两国,不为无理。而这两个国家,恰是最精打细算,且着眼长远的。如日本在"均贫富"方面,足令其他发达国家汗颜。新加坡只是个"城邦",但数十年来李家父子纵横捭阖,居然也使之成为国际社会的一股势力。小国有小国的生存之道,新加坡算是个典范了。

不禁想到，中国人下南洋逾千载，华人一来勤劳，擅于农商，二来重生育，人口之争向来不输，因此在南洋打开了一片天地。但即便华人占据主体地位，如新加坡这般，在政治上和文化上，却做不到像英国人、法国人那样，强势推行其制度和文化。如今在新加坡，华人是主体族群，却并未树立数百年来白人那样的强势地位，反而对马来、印度等种群实行颇多让步政策。真不愧是华夏一脉，国策重怀柔，古已有之。

新加坡立国之前，南洋至少还有过两个以华人为主体种群的国家：一个是明朝末年潮州人张杰绪因不愿臣服清朝，出海在纳土纳群岛建立的王国；另一个是梅州人罗芳伯于一七七六年在婆罗洲（加里曼丹岛）建立的兰芳大统制共和国。二国均灭于荷兰，时间约与清朝灭亡同时，后其地都并入印尼。兰芳共和国建国时间，恰与美利坚合众国同时，当时世界全为帝制，兰芳堪称是民主国体的先声。而纳土纳的地理位置，只略逊于位于马六甲海峡要冲的新加坡，但国土面积为新加坡数倍。后来印尼认识到纳土纳的重要性，大量向此移民，如今华人已不再是主体种群了。当前新加坡经济虽好，但若处理不好种群问题，未来一样会有麻烦，兰芳和纳土纳是前车之鉴。

我对罗芳伯和兰芳共和国的了解，来自罗香林先生的《西婆罗洲罗芳伯等所建共和国考》。此书是香港中国学社于一九五七年出版的，曾克耑题书名，后有英文提要及折页大开地图，设计美观，装帧考究，在老一代港版文史书中最有派头。其实，中国

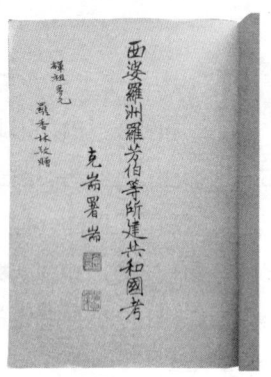

学社出版的文史学术书，都袭用同一封面设计和装帧风格，且这些书的题目博人眼球，内容引人入胜，很能代表那个时代香港学术的水平。中国学社出版的书中，罗香林的著作可占去一大半。兹列目录及出版年代于下：

《唐代桂林之摩崖佛像》一九五八年；

《蒲寿庚研究》一九五九年；

《一八四二年以前之香港及其对外交通/香港前代史》一九五九年；

《西婆罗洲罗芳伯等所建共和国考》一九六一年；

《香港与中西文化之交流》一九六一年；

《流行于赣闽粤及马来亚的真空教》一九六二年；

《客家史料汇篇》一九六五年；

《唐元二代之景教》一九六六年；

《中国族谱研究》一九七一年；

《傅秉常与近代中国》一九七三年。

他另有珠海学院一九七一年出版的《国父在香港之历史遗迹》、

香港大学亚洲研究中心一九七七年出版的《梁诚的出使美国》，封面设计和装帧风格与此前完全一致。还有中国学社分别于一九五七年和一九七七年出版的《乙堂文存》《乙堂文存续编》，是他的学术论文集，为手书影印，封面设计非常简朴，与前者不同。

这些书占去罗香林生平著作的一半。他出道甚早，民国时代就因研究客家文化而享誉学界了。他父亲是国民党"粤军之父"邓铿的秘书，他本人是著名历史学家朱希祖的爱婿，因此他在政学两界很有资源。他二十多岁自己编印"兴宁罗氏希山书藏"，收入了自己的专著《客家研究导论》，书名赫然是邹鲁题签的。他的书我收了不少，内容以岭南及东南亚民族史、中外民族交流史、唐史为主，也重视蒲寿庚、罗芳伯、梁诚、孙中山、傅秉常等中外交流重要人物专题。他号称"客家学之父"，因为他的大力推广，"客家人"的叫法才得以广泛使用。但也不断有人质疑

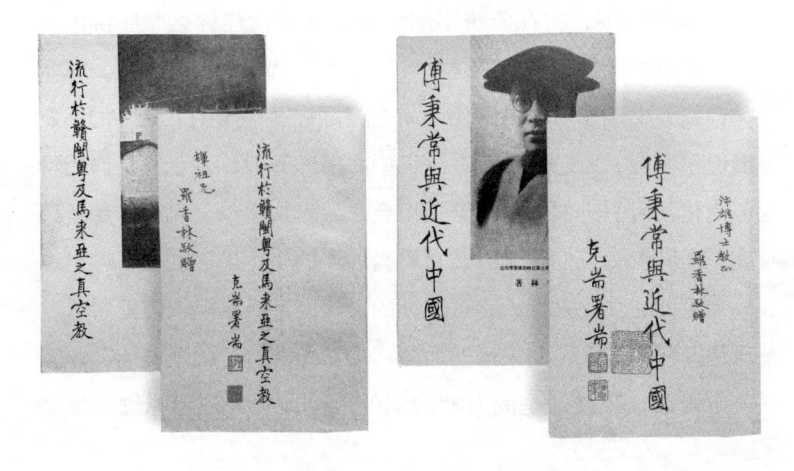

他的客家学说，认为客家人并非中原人的后裔，而更接近畲、苗等族，实为百越之后。

手中有一本《唐代桂林之摩崖佛像》，曾克耑题封面书名，董作宾题扉页书名，却由罗香林亲笔签赠梅贻琦，题"月涵部长教正　受业　罗香林敬呈"。梅先生是清华校史上最伟大的校长，抗战期间在大后方主持西南联大，居功厥伟，流芳百世。罗先生也是清华弟子，后任教于清华大学、燕京大学、中山大学、新亚书院、香港大学等。此书的源起，是抗日期间，他随中山大学迁至后方，得以在桂林西山观音峰考察唐高宗年间佛像石刻，收集了大量资料，卒成此专著。他认为，由海道传入中土的佛教，与自西域传入者大有不同，属不同谱系，石刻形态自然也大相径庭。笔者少时写过一篇《佛教输入中国及规模展开》，正是剖分了佛教两条传入线路，但并非借鉴前人观点，不过是自己凿空乱道罢了。看了罗先生观点，却不免深感荣幸和亲切。

记忆模糊，实在分辨不清手中的《唐代桂林之摩崖佛像》和《西婆罗洲罗芳伯等所建共和国考》，哪本购自尚书吧，哪本购自新亚书店了。尚书吧由十来个天涯社区"闲闲书话"的书友凑份子发起，二〇〇六年在深圳中心书城开业。由于其是作为特色文化项目引进的，并无繁重租金之累，加之马刀兄以"魏晋风度"当垆卖酒，扫红又以"文君当垆"的姿态坐店翻书，遂迅速成为深圳的文化坐标，路过深圳的文化人都会慕名来店里看看。我是天涯的老人，向来嗜书如命，却从未混过"闲闲书话"；但一自开业，我就像是尚书吧的编外人员，一来是距单位一步之

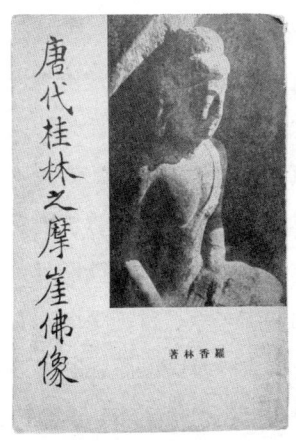

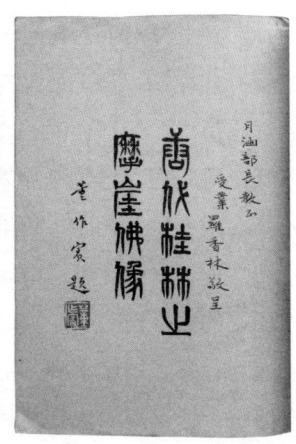

遥，二来确是脾性相投。当时一天去好几次，买书、蹭酒、凑热闹，见了不少世面。有一次看到易中天和王石闲坐聊天，还去隔壁的"24小时书吧"买了二人的书，托店员找他们签了名。如今想起，实在惭愧，我虽不才，何至于此呢。

后来尚书吧发生内讧，为了些鸡毛蒜皮的小事，那十几个凑份子的天涯书友彼此大打出手，严重者竟有锁骨被打碎的，斯文扫地，原形毕露。我虽还去盘桓，物是人非，已不复往日心情。东京的吴忠铭兄却喜欢这里古色古香的环境，所以每次他来深圳，我们都来这儿品酒谈书。然而以我和尚书吧的旧渊源，于新环境已不合时宜，只是我一直不自知而已。终于有一次，被店家出言挑衅，激得我盛怒之下，冲上去就是一拳，立刻就见他血流满面。当场被人拉开，否则我锁骨也被打碎，亦未可知。从此再未去过，倒是常有书界的老先生向我打听"扫红到哪里去了"，我只听说她嫁到上海去了,其他一概不知。

尚书吧开店之初,架上还是有些好书的,只是定价颇贵。我曾买过若干,每次扫红都会说:"就放在架上多好,为什么要买走呢?"我觉得有理,但也深知以书友们的狼性,即使我不买,那书也不会在架上待多久。头些年尚书吧颇有雄心,想把深圳的旧书生意搞红火,一度在店门口搞旧书交流会。为捧场,我也去摆过几个周末的摊。当时广州的旧书店老板很重视深圳人的钱袋子,特别卖力,好书居然不少。记得有一套民国原版的"词学季刊",十册全,才卖两千块,当时居然还讨价还价,遂至错过。随着股东内讧和重组,尚书吧最纯粹的岁月已过去,后来就追求所谓文化的商业价值了。心疼的是,当年我因常蹭马刀兄的好酒,作为补偿,拿了不少好书给尚书吧装点门面,尤其有一批初版民国书,不乏丰子恺、周作人之流,后来此间山河破碎,这些书就陷在其中了,至今思之怃然。

当时尚书吧有不少中国学社出版的书,其中似乎也有罗香林的签赠本。流连二手书市多年,可知罗香林的签赠本数量堪称第一。如今孔夫子旧书网查询罗香林的书,签赠本几占一半。我手中除签赠梅贻琦的《唐代桂林之摩崖佛像》外,尚有签赠全汉昇的《乙堂文存》、签赠何沛雄的《傅秉常与近代中国》。看来写书不签赠,如锦衣夜行耳。

说回新加坡。数年前赴新加坡旅行,在百胜楼逛旧书店,颇有收获,如中华书局精装初版的《后汉书》六册,价格颇廉。此番再到新加坡,百胜楼犹在,但几家中文二手书店竟已关门大吉了，三家印度人主营的英文书店却依旧齐齐整整。巧合的是，回国后再去澳门，澳门竟也是一样的情况，费我一通好找，几年前近十家二手书店，竟全部无影无踪了。二手书店是重要的文化传承载体，我在东京和柏林都深切地感受到这种张力，也许新加坡和国内香港、澳门的二手书也像内地那样转向网络了吧。否则，只能解释为中华传统文化的后继乏力。

王国维签赠近重真澄《壬癸集》

几次去东京吴忠铭先生的光和书房,流连邺架,为之叹服。其中最令我艳羡者,当然是王国维毛笔签赠近重真澄的木活字本《壬癸集》。

顾名思义,《壬癸集》为壬子(一九一二)、癸丑(一九一三)两年的作品,其时王国维为避国内之乱,随罗振玉客居日本京都。日本五年侨居是王国维一生最为丰产的一个时期,他不仅学力大进,与罗振玉一起开创了以甲骨、简牍考古研究为代表的"罗王学术",还有充裕的闲情与匠心写作诗词。《壬癸集》虽只收录了二十首诗,却拥有《颐和园词》这样的长篇歌行,薄薄一册,难掩其价值的厚重。

写作汉诗是日本学界的一大传统,凡与学问沾点边的,都喜寄咏遣兴。便是伊藤博文这样的大政治家,也不能免俗,观其《春亩公诗文录》,诗力颇为了得。日本人尤好刊印自家诗词,其汉诗别集,按占总人口的比例来看,绝不比中国人的少。且日本的别集常为薄册,大抵一时一地一专题之作,都可成书;不似中国文人,别集常是一个较长时期甚至一生的总结。我有一册铃木虎雄等人编印的《郑孝胥苏龛先生东游诗篇》，区区十六页，收郑氏二十四首诗，正与《壬癸集》同例。

王国维出身贫寒，早年在《时务报》打工时，因一句"千秋壮观君知否，黑海东头望大秦"得罗振玉识器，此后便长期追随罗氏。他既处于依附状态，财力便很有限，著作便不能如罗氏那般大手笔地刊刻印行。罗振玉在京都、天津、大连都刻印自己的著作，王国维著作的刻本却很少，其中最有名的，便是这部《壬癸集》，为京都圣华房以江州旧木活字集字印行，开本阔大，皮纸。近年来，藏界日益推重活字本，这薄薄一册也便成为备受追捧的名品了。

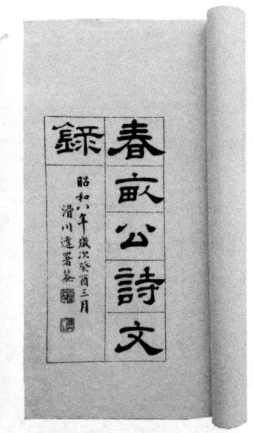

何况此书还有王国维的亲笔签赠。近重真澄，字物庵，化学家，也是研究中国炼丹术、冶金术的专家，兼治佛学，著有《中国炼金术》《禅学论》等。他也是汉诗高手，有《鸭涯草堂诗集》《太秦山房诗集》《安井隐居集》等别集，前两者还是由中华书局排印出版的。晚年诗集《安井隐居集》中收有王国维诗一首，为国内诸版所无。诗云："终年格物物庵中，禅榻诗坛别有功。借问神州谁得似，金牛山下梦溪翁。"王国维将其比为宋朝

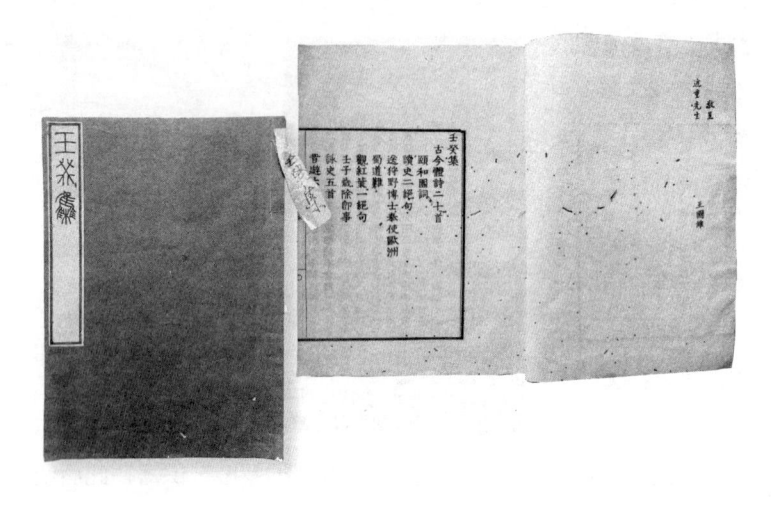

的沈括（梦溪），可见推重。近重真澄出生于一八七〇年，曾任京都大学理学部长。日本人作汉诗者常雅集，保留了中国中古时代"曲水流觞"的传统，想来王国维在京都时常参与，与近重真澄是时相过从的。光和书房另有郑孝胥签赠近重真澄的《海藏楼诗》，足见其交游之广。

《壬癸集》所收二十首诗中，最为显赫的当然是《颐和园词》。全诗一百四十四句，写慈禧事，清末兴亡，以一篇尽之。诗成后，王国维致函京都汉学第一人铃木虎雄："前作《颐和园词》一首，虽不敢上希白傅，庶几追步梅村。盖白傅能不使事，梅村则专以使事为工。然梅村自有雄气骏骨，遇白描处尤有深味。"自比有《圆圆曲》传世的吴梅村。铃木虎雄复函道："日前垂示《颐和园词》一篇，拜诵不一再次。风骨俊爽，彩华绚烂，漱王、骆之芬芳。剔元、虞之精髓。况且事该情尽，义微词隐。国家艰难，宗社兴亡，兰成北徙，仲宣南行，惨何加焉。……隐而显，微而著，怀往感今，俯仰低徊，凄婉之致，几乎驾娄江而上者，洵近今之所罕见也。"清民之交堪称中国"最后的诗国"，而所谓"梅村体"，即长篇叙事歌行，除《颐和园词》外，佳制尚有王闿运《圆明园词》、樊增祥《彩云曲》、杨云史《天山曲》，堪称中国"最后的诗史"。

《壬癸集》另收《癸丑三月三日京都兰亭会诗》，充分展示了日人曲水雅集之美。一九一三年四月九日，京都学人举办了一场"兰亭诗会"，纪念东晋永和九年的兰亭会。由内藤湖南起草《兰亭会缘起及章程》，发起者共二十八人，罗振玉、王国维均应邀到场。王国维此诗写道："东邦风物留都美，延阁沉沉连云起。翻砌非无勺药花，绕门恰有流觞水。此会非将禊事修，却缘禊序催清游。信知风俗与时易，惟有翰墨足千秋。"又云："此邦士夫多好事，古今名拓争罗致。我来所见皆瑰奇，二十八行三百字。"足见日人保持文化传统的热忱。而兰亭会对日本汉学界影响深远，我的忘年交安田女子大学的萩信雄教授，其最重要的论文，即《兰亭序之流传》。

京都罗振玉故宅至今尚存，位于京都大学旁的吉田山上。吉田山只是一座数十米高的小冈，罗的宅邸很大，院子几乎占满山顶。主体建筑的风格与普通的和氏房有所不同，楼宇四周插了很多彩旗，不知何意。我散步上去看过几次，大门口蹲了两只貔貅，一看便知是中华典章，为日本民居所无。山脚下"朋友书店"的石坪满先生告诉我，此宅现在的主人是台湾人，常举行一些宗教活动；至于此宅的房价，大约四亿日元，尚不及深圳百花片区一套面积大一点儿的学位房。我曾写有一首七律《京都访罗振玉旧宅》："端然石兽制从周，仰止高门拟旧游。右衽东瀛容一辫，大秦西岸望千秋。青铜学问从兹始，黄帝神灵扫地休。万岁摩崖文字改，当时何故出斯楼。"

王国维没有罗振玉的财力，在京都搬了四次家。据旅日学者钱鸥女士的考证，王家先后在田中村流田町、田中村百万遍西门、吉田町神乐冈八番地居住，后来王国维将家眷送回中国，他独居东山的永观堂。吉田町神乐冈八番地位于吉田山的另一侧。王国维和罗振玉切磋学术，自当比邻而居，这个住所也是王国维在京都居住最久的一处。但这个旧居未能保留下来，实为憾事。不过王国维给日本学界留下了深刻的记忆，他去世后五年，东京文求堂以中文出版了《王观堂文选》。

王国维于一九二七年六月自沉于颐和园昆明湖，时人多认为是他与罗振玉交恶所致。此为一说。但罗振玉为他经营丧事，表请溥仪为王国维赐谥号"忠悫"，更组织观堂遗书刊行会，编印《海宁王忠悫公遗书》四集四十三种，非真朋友，何以为之？王国维的学术成就不须赘言，而更为崇高的，乃是他以身殉道的悲剧结局。他自沉后，清华大学国学院《国学月报》出版《王静安先生专号》，刊登了很多师友的回忆和悼念文章，其中包括著名的陈寅恪《王观堂先生挽词》，提出"惟此独立之精神，自由之思想，历千万祀，与天壤而同久，共三光而永光"，后成为清华校训的灵魂。而王国维在遗书中所云"五十之年，只欠一死。经此世变，义无再辱"，虽聚讼纷纭，却无可置辩地揭露了中国时局人心之乱，于学术家而言，实在生不如死。

　　王国维自述在京都的五年"生活最为简单，而学问则变化滋甚，成书之多，为一生冠"。伯希和说中国的世界级学者只有王国维和陈垣，而王国维之所以能享有国际声誉，与京都五年密不可分。作为学术家，没有什么比安定祥和、后顾无忧的治学环境更为重要的了。近日看鹿桥的《未央歌》，西南联大虽在抗战时期的大后方，但政府和老百姓给予了联大师生最为优裕、最有尊严的条件，西南联大的成功实为民族韧性的体现。这说明，所谓"再穷不能穷教育"，中国人其实完全可以做到。至于"曲水流觞"，却是更上层楼的精神境界了，我们对此睽违已久。这薄薄一册的《壬癸集》，犹如吉光片裘，怎不令人意往神驰。

褚民谊签赠黑川利雄《昆曲集净》

东京吴忠铭兄寄来褚民谊签赠黑川利雄《昆曲集净》，一函二册，品佳，赏心事也。

褚民谊和黑川利雄都与汪精卫关系密切，二人又都是医学博士，彼此亦有交情。黑川是汪精卫的好友，也是他最信任的医生。汪氏一九三五年十一月在国民党中央党部遭晨光通讯社的左翼记者孙凤鸣行刺，中了三枪，其中一颗子弹从后背射入第六、第七胸脊柱骨旁部位。上海的法国医院发现子弹卡在肋骨中，且伤及脊柱，无法以手术取出，只能以药物治疗，但表示三十年内应无性命之虞。然而这颗子弹对汪精卫的身体造成很大折磨，至一九四三年八月，健康状况恶化，子弹位置周边常感剧痛。黑川奉日本政府之命到南京为他诊治，认为并无重大问题，建议子弹仍以不取出为好。但黑川离开后，汪氏捱疼不过，还是听从了日本陆军医院院长后藤的建议，施手术取出了子弹，结果引发了多发性骨髓肿，造成下肢麻痹。黑川闻讯，再来南京，建议汪氏赴日治疗。汪在名古屋治疗八个月，于一九四四年十一月不治而亡。

或许可以说，如果汪精卫听从了黑川的建议，未必死得那么早。当然，死得早未必是坏事。

汪精卫在名古屋病死前，黑川利雄陪在左右。一九七三年，黑川写了回忆文章《汪精衛を想う》。

黑川利雄博士是日本的一代名医，他因对癌症研究的贡献被日本政府授予文化勋章，"文革"后还来上海参加过医学研讨会。日本著名评论家扇谷正造在《经验即我师》中记载：黑川每到冬天就在口袋里放一个手炉，使手总是热乎乎的，用温暖的手给病人以希望和信心。黑川在《汪精衛を想う》中提及很多政治家都是学医出身，举了孙中山和褚民谊的例子，也交代了褚民谊于战后被处决的悲惨结局。褚民谊出身医学世家，父亲褚吉田是湖州名医。但褚民谊学的是西医，且坚决反对中医。一九二九年，国民政府卫生部召开第一届中央卫生委员会，他和余云岫先后提出四项议案，要求政府明令废止中医，获得通过。但因遭到中医界激烈反对，最终未获施行。如于右任就说："现在西医褚民谊等当政，想把中医消灭，这等于洋教徒想消灭全国和尚、道士一样，那怎么可以呢？"

褚民谊早年在日本学政治经济学，年方弱冠就参加同盟会。民国初年，他因不满宋教仁将同盟会改组为国民党，远走欧陆求学，最终学历是一九二四年在法国斯特拉斯堡大学获得的医学博士学位。他这个医学博士货真价实，但他的博士论文太博眼球。他观察发现很多兔子是双性的，两只雄兔可以交配，对此他通过解剖等手段做了深入研究，作为博士论文选题，名曰《兔阴期变论》。其实中国古人早就将好男风者叫作"兔儿爷"，古诗《木兰辞》也写道"雄兔脚扑朔，雌兔眼迷离；双兔傍地走，安能辨我是雄雌"，只是他是否受到了古人的启发，就不得而知了。但他因此获得了一个"兔阴博士"的雅号，可比张竞生"性学博士"还尴尬得多了。

他是个自相矛盾的人，推崇西医，反对中医，却推崇踢毽子、放风筝、武术、戏曲等中国国粹，反对踢足球、游泳等西方竞技体育，理由牵强得很，说是"违背礼教"。汪精卫任行政院院长时，他任院秘书长，在公开场合带大家踢毽子、放风筝，到处表演太极功夫，票昆戏，被人谑称为踢毽子、放鹞子、做戏子"三子秘书长"，又说他有"六般本事"，即"一笔颜字，两脚花毽，三出昆曲，四路查拳，五体投地，六神无主"。陈独秀的长诗《金粉泪》，"家国兴亡都不管，满城争看放风筝"，写的就是他。他"文武双全"，写得一手好颜体字，打得一手好太极拳。但他旧学功底其实稀松平常，我有一本一九四三年刊行的《唐玄奘法师骨塔发掘奉移经过专册》，褚民谊题写封面并作序，题字雅正，但序中说玄奘处"闭关自守、交通修阻之古代"，将中国历史上最为开放的唐朝说成"闭关自守"，怎么说都难以自圆。另如足球，其实蹴鞠自古就是中国军队和民众的流行运动，他未免太孤陋寡闻，只能说是书读的不够。

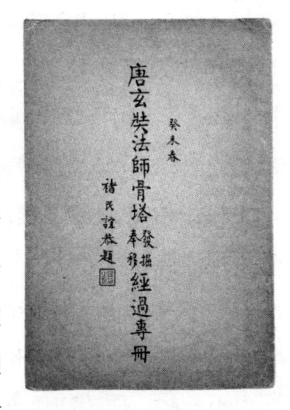

更好笑的是，他反对游泳，觉得"为礼教所不能容"，但后来泳坛出了位"美人鱼"杨秀琼，他却撇开礼教之防和世俗偏见，亲自驾马车带着杨秀琼招摇过市，一起游览中山陵。惹得一城侧目还不算，还将共载照片登于各大刊物，弄得举国侧目。当然，他本是个海归博士，有绅士做派，不足为怪。他又是高官，运动员多为大学生，他在赛场为运动员涂活络油，也不妨视为亲民行为吧。

他因勤练武术，体格强壮，曾在报刊秀出自己的一身肌肉。战后被处决时，一枪击中后脑，居然未即仆倒，而是向后急转身一周，才倒地而死，将行刑者吓个半死。可见他练太极有成，如有神功护体。令人想到《倚天屠龙记》，殷梨亭接峨眉派的"霹雳雷火弹"，以"金鸡独立式"急速旋转，以消解来弹之力，正是武当的太极功夫。他是太极大师吴鉴泉的弟子，编有《太极操》一书，书中有很多吴早年的练功照片，非常珍贵。褚氏自己也到处表演太极，其视频资料至今都可在网上找到。

褚民谊夫人是陈璧君母亲的养女陈舜贞，或因是汪精卫连襟，他才得以官拜汪伪外交部部长、驻日大使。但论在政坛的表现，他不仅不能与同级别的人相比，便是较之地位不如他的梅思平、李士群、丁默邨等也大有不如。不过，正因大有不如，故为祸也小一些。作为汪伪外交部部长，他与日本、法国、意大利等国签署了一系列收回租界的协议，是他最大的"政绩"。虽然作为傀儡政府，收回租界云云只能有名无实，但至少不足为祸。

他酷爱昆曲，是政坛名票，民国梨园文事，多有他的题词。民国有一个著名的问题，即"九一八"事变时张学良在干什么。答案之一就是在华乐戏院看褚民谊演《空城计》。《昆曲集净》是他编辑的昆剧净行曲谱，收七红、八黑、三僧、四白等净脚折子戏五十五出，主人公有夫差、屠岸贾、项羽、关羽、张飞、达摩、尉迟恭、赵匡胤、包拯、杨五郎、鲁智深、刘唐、金兀术、钟馗等二十二位。全书由苏州昆曲家陆炳卿、沈传锟拍曲编校，再请溥侗点正，高齐贤介绍戏文，十分精严。他自己作序，认为昆曲有德育、智育、体育、美育、群育五大意义，可"改良世风、感化顽陋"。全书由其外甥沈留声负责缮写，手书上板，在日本影印五百部，后携回南京正式出版。日本初印这五百部，存世已极稀少。此部签赠黑川利雄，二册扉页俱有褚氏的工整题签，更属难得。

褚民谊战后被江苏高等法院判处死刑，他坚称自己无罪，亲友也积极为他奔走。此时他成竹在胸地抛出了一件耸人听闻的"救命法宝"——孙中山的肝脏。原来，孙中山因肝癌在北京逝世后，遗言愿循列宁之例，用防腐技术保存遗体。协和医院施行保存手术，取出其内脏器官后，将其肝脏及制成的肝脏病理切片和蜡块标本，收藏于该院病理研究室内，以供研究之用。一九四二年，肝脏被日军取走。事闻于汪精卫，派褚民谊赴北平交涉，如愿将肝脏取回南京。按计划应将肝脏恭奉于中山陵孙中山灵柩之畔，但褚民谊私心作祟，居然将肝脏取走，存放在一个亲戚家。他自知汉奸必遭清算，故保存肝脏作为赎命法宝。结果，他的如意算盘落了空，民众对他私藏国父肝脏十分愤怒，强烈要求政府严办，于是维持原判，不日处决。

他这个怪诞的结局，与其所学所好有关。他是西医博士，精通解剖，对器官有天然的敏感。一九四二年冬，日军在南京天禧寺旧址建神社，挖出大唐玄奘法师的顶骨舍利。汪精卫听说后，派褚民谊去交涉，日方将顶骨分为三份，一份送回日本，一份安置于北平，一份交给汪伪。褚民谊亲历其事，深切体会到伟人遗体之"奇货可居"。这些经历，都可能对其"私藏国父肝脏"的奇计形成启发。他自己伏法前，倒也慨然遗言将遗体供解剖之用，但家人没有照办。试想汉奸的遗体，燃脐而照尚不解恨，谁屑于作医学之用呢？从这件事可知，以他对世事人心的理解，不足以做一名政客，更无以成为成功的政治家。

周策纵签赠何沛雄《论王国维人间词》

教师节那日，我导师陈引驰先生嫌原来的微信群太过鱼龙混杂，专门另开新群，只拉本门弟子入伙。师弟师妹们恭贺不迭，作为开山的大师兄，一心想讨师父欢心，心念闪动，拈出一个征对联的雅戏来。下联即师尊名讳"陈引驰"，求一上联，要求亦为现代著名文史学者。有几位同门应声而对，皆非熨帖。我说"中午十二时公布答案"，结果远不到时间，便被我在辽宁省委宣传部任职的师妹李姝夺得锦标，答案是"周策纵"，一群之内，皆认为工整之至。"策纵""引驰"，两位大英雄并辔如飞，此联当得起士林佳话了。

其实此联称不上绝对，因为"周""陈"皆平，"策""引"俱仄，平仄是不工的。不过那有名的典故，陈寅恪以"胡适之"对"孙行者"，"胡""孙"皆为平声，也非全工。且"行者"为一专有名词，以"适之"对之，未免有胶柱鼓瑟之憾。当时有学生对出"祖冲之"，"祖""孙"工对，但"冲之"亦不足与"行者"比翼齐飞。依我看，还不如"岳将军"工整，"将军"可对"行者"，岳父可对孙子。

陈师感慨道:"周先生有大才,我不及也。"周策纵先生是旅美学者的翘楚,陈师当年访学哈佛,与杜维明等十分熟稔,唯周先生晚年定居西海岸,且年事已高,故未能谋面。周先生是威斯康辛大学东方语言系和历史系终身教授,由于历史原因,他与台港学界联系密切,也带出了很多台港籍的弟子,但在内地的名声,只是近些年才彰显起来。

周策纵最有名的著作是《五四运动史》,以英文写就,本是他的博士论文,后扩展成五十五万字的巨著。后分别于一九七九年、一九九六年在台湾和大陆出版。周策纵本是陈布雷、陶希圣、徐复观的同事,在南京国民政府主席侍从室当文字秘书,专职给蒋介石写讲话稿,如台湾"二·二八"事件后蒋的《告台湾同胞书》就是他执笔的。但是一九四七年,他因在《大公报》发表了一篇《依新装,评旧制——论五四运动的意义及其特质》文章,竟引发当局的警告。他不堪体制束缚,愤而辞职,远赴美国留学,遂迎来自由的学术人生。

他自小能诗,辞职赴美之际,在太平洋的轮船上写有《去国》七律一首:"万乱疮痍欲语谁,却携红泪赴洋西。辞官久作支床石,去国终成失乳儿。谠议从违牛李外,史心平实马班知。吴门倾侧难悬眼,碧海青天憾岂疑。"极见据乱伤时之意。好友顾颉刚来送行,也借《世说新语》"支公好鹤"一典,说他"既有陵霄之姿,何肯为人作耳目近玩,养令翮成,置使飞去",真有知己之概。

他虽以研究五四而驰名,却并未如唐德刚那般,成为近代史学的专家。综其学术,忽而研究子产这样的先秦政治家,忽而研究胡适、林纾等近代学人,忽而研究《诗经》,忽而研究《红楼梦》,且喜欢吟诗填词,兼作新诗,亦翻译荷马和泰戈尔作品,可说十分芜杂,竟无主线可循。但他治学方法是一以贯之的,研究《红楼梦》,考证曹雪芹是胖还是瘦,曹雪芹号"梦阮"是崇拜阮籍,通灵宝玉即传国玉玺等等,均符合胡适"大胆假设,小心求证"的垂范。大凡"红学"固然多系此类,但他研究《诗经》也是相同的途径,如其《古巫医与六诗考:中国浪漫文学探源》(台北联经出版社一九八六年版),将"葛屦"形象与性作了联想并反复求证,就不仅是饾饤琐屑所可概括了,尚不如乾嘉学术荦荦大者。但他对史料的占有近乎蛮横,陈子展说他的《破斧新诂》"虽属短篇,却注文弥多,可能多过三百条,书名有重出,引书亦当在二百种以上",可见"具有广博之学识,拥有详细之资料"。他写《五四运动史》,也动用了美国图书馆里大量的一手资料,这是非常令人钦佩的。

我最喜欢的周策纵著作是《论王国维人间词》。他以"词话体"论词,方得上承中国诗词独特的审美传统,本身亦成雅文,读来极有味道。他在自序中说:"这些论评本想用白话论文写作,后来一想,王国维本人喜欢用词话体,为了纪念当时快要到临的他的逝世三十五周年,便采用了现在这形式。"中国传统的"诗话""词话",讲的是体悟或感觉,只求精妙隽永、一语道破,有时甚至只可意会不可言传,在现代学术文论的角度看来,常有武断、模糊、单薄之陋。如他写道:"自清末西学东渐以后

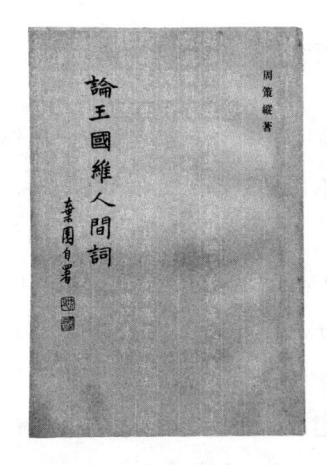

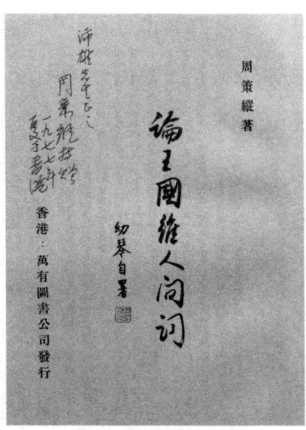

至五四以前，能镕近代感情与想象入旧体诗词而足以惊心动魄、移情沁人心者，寥寥无几。在诗当推康有为、梁启超、谭嗣同、苏曼殊，在词则王国维一人而已。"便是炎炎大言，所以他在序言中自承"自觉太过简率偏激了"。

但他论王国维的《人间词》"得五代北宋婉丽之旨，以之抒写叔本华及佛陀之悲悯情绪，与丽情合一，是又能兼康、谭、苏之意境，而其往往臻于无我之境，则又非三人所能及"，"殆五四以前诗坛之空谷足音，而结束数千年来旧体诗词之绝响也"，确有探骊之能。笔者少时读王国维《人间词》，颇觉他像是在临摹冯延巳《阳春集》一般，绝不能与李后主以及后来的苏东坡、辛稼轩相比。但随着阅历沧桑，展卷再读，方觉王国维的词正如龚自珍的诗一般，其中蕴藉着无穷的生命力量。而《人间词》弥天漫地的"无可奈何"之感，正如古今中外的那些经典悲剧一般，令人有"似曾相识"之感，即"常人皆能感之而惟诗人能写之"，此又为龚自珍所不及。

《论王国维人间词》共六十则，一九六二年在美国《海外论坛》发表，一九七二年由香港万有图书公司出版。周擅书画，两处书名均他自署，封面署"弃园"，扉页署"幼琴"。"幼琴"为其字，"弃园"为其在威斯康辛陌生地的故居。扉页有他蓝色圆珠笔的题签——"沛雄先生正之　周策纵持赠　一九七七年夏于香港"。何沛雄是香港文史学者，周策纵二十世纪八十年代曾在香港大学做客座教授，遂有过从。此书我购于香港旺角有名的新亚书店，同时还买了罗忼烈先生的《话柳永》《北小令文字谱》《两小山斋论文集》和罗锦堂先生的《北曲小令谱》，都是作者签赠何沛雄的。新亚书店后来转型做拍卖，竟将香港旧书资源虹吸一空，从此，包括新亚在内的香港旧书店，踏破铁鞋、望穿秋水，也买不到一本名家签名本了。

鹿桥签赠吉川幸次郎《未央歌》

前日参加联合国经济和社会事务部的一场活动，得遇林毅夫教授。他平易近人，与我这个晚辈互加了微信。

我却在转一个奇怪的念头，不知林教授是否读过鹿桥的小说《未央歌》。他在台湾大学度过四年时光，当时全台校园文学的主题曲正是《未央歌》。他是游泳健将，《未央歌》也多处写到游泳，西南联大的同学们都似有无穷的生命力，童孝贤在激流中遇险，范宽湖在水中英雄救美，蔺燕梅美人鱼一般的泳姿……西南联大在后方，台大在对岸，若没有来自不同时代的深沉共鸣，哪来经久不绝的流行。

但在现代中国人，尤其是大陆人看来，《未央歌》并不像很多校园文学那样轻松好看。语文教育如此呆板，快餐文学如此发达，网络语境如此喧嚣，民众心理如此浮躁，都使中国的文学快速驶离文学本身，成为文化超市的消费品，人们越来越无法进行真正的文学审美。《未央歌》是一部唯美的小说，作者鹿桥，原名吴讷孙，出身书香世族，父祖都精通旧学，他却出生于五四运动轰轰烈烈进行时的北京，虽然自小就有诗词文言修养，但时代

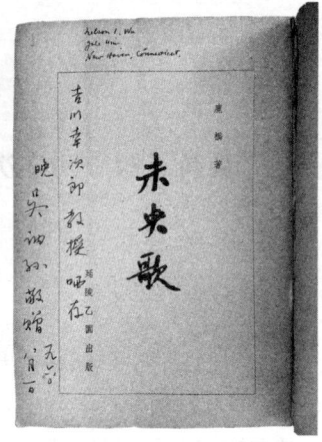

赋予了他五四特点明显的文风。《未央歌》的文字，将小说写成散文，工笔太多，反伤动态之美。

但鹿桥的文笔又是饱含情感的，比如写蔺燕梅的美：

> 蔺燕梅常因她自己出众的容貌而暗暗心惊。莫名其妙的恐怖着。别人也胜于爱自己那样来关切她。运动场上同她飞来一个急球，或是看她骑在自行车上转一个小弯，大家都屏息的守候着，生怕上帝后悔他曾造了一个太美的女孩子，便把她的容颜姿势再取回去。蔺燕梅又偏偏爱玩，她网球打得最好，骑车又爱骑得快。驶出城墙缺口，滑向路那一大段下坡路时，轻捷如燕子。

再如对西南联大的写生：

学校不觉已经上了半学期的课了。每年上课时的学生们都是同样地匆忙又快乐地从事一个学生应有的活动。新舍南北区，昆中南北院，多少学生，一天之中要走多少来回，没有人计算得出。新的人，旧的人，都一天一天地把对校舍有关的景物的印象加深。又一天一天地，习惯了，认识了，爱好了，这校舍中的空气，送他们出进校舍的铃声，早上课室内的窗影，公路上成行的杨树，城墙缺口外一望的青山。一片季候风，一丝及时雨，草木逐渐长大，又随了季节的变换而更替着荣枯。他们也因了忙碌，一天天地发展他们求知的结果，终于最末一场考试的铃声送他们出了校门。一任他们在辛勤艰苦的人生旅程中去回想，去恋慕这校中的一切。

《未央歌》的故事情节非常简单，甚至颇落俗窠。主线无非是两男两女四位同学的爱情纠葛，着墨较多的人物也不过十数个，然而竟能撑起一部五十五万字的大部头，实为异事，亦必有其过人之处。当然，其最大的支撑是西南联大这个金字招牌，其三百多教师、三千多学子，都如校歌《满江红》所唱"多难殷忧新国运，动心忍性希前哲"，民国以来如日月经天、江河行地，前无古人，迄无来者。此等盛事盛况，却湮没在历史长河中，岂不可惜。幸而有《未央歌》，如"警幻仙姑"一样，将后人引入西南联大校园的"太虚幻境"。而不断勾起世人对西南联大回忆的杰出校友，不仅有杨振宁、李政道、邓稼先这样的科学巨匠，也有殷海光、汪曾祺这样掷地作金石声的书生，更有吴讷孙这位贾宝玉般的"意淫"家。

何出此言？《未央歌》中人物多有原型，但校园中那个集万千宠爱于一身的蔺燕梅，是集腋成裘、钟灵毓秀的虚构品，所谓"女朋友们的综合体"；而抱得美人归的男主人公童孝贤，只怕正是吴讷孙自己。吴讷孙的笔名"鹿桥"，"鹿"便是他暗恋过的南开校花鹿笃桐。所以说他是《红楼梦》式的"意淫"。要知鹿桥于一九四四年开始写《未央歌》，其时还是抗战期间，西南联大尚在。写到一半时他赴美留学，一到美国就开始续写，不久完成。倘若他晚十年再动笔，也许小说的风格会沉郁顿挫一些，但热情当不致如此饱满，"意淫"的色彩也不会这么浓厚了。

小说一直作散文诗一样的敷陈，燕语呢喃，竟似与前方的浴血奋战毫无关系。直到篇幅三分之二处的第十九章，才写到日军入缅及同古会战，始有变徵之音，同学们都积极加入战事服务。又因战事服务引出余孟勤与蔺燕梅矛盾爆发、范宽湖孟浪闯祸、蔺燕梅心许童孝贤，忽似奇峰突起，最后以余孟勤与吴宝笙成亲、童孝贤与蔺燕梅团圆作大结局。司马长风将《未央歌》与巴金《人间三部曲》、沈从文《长河》、无名氏《无名书》并列为抗战小说的"四大巨峰"，但整体上《未央歌》缺乏阳刚之气，反倒如战争中的世外桃源。恋爱、聚餐、跳舞、喝茶、郊游、看电影充斥上下，读者必会奇怪，国难之际西南联大怎可如此偷闲？其实，据吴与点《联大论语》，皖南事变之后，"同学大都消沉下来，少数人埋头于功课，其余的时间极无聊，整天坐茶馆打桥牌，跳舞也时兴起来了"。可见《未央歌》所写是合乎事实的，并不全是鹿桥的想象。而且，如果在大后方办大学就是为抗战服务，那么同学们早已殁为炮灰，也不会有杨振宁、李政道、邓稼先了，西南联大也不过就是另一座黄埔军校而已。对这一点，民国时代的政府和人民是清醒的，他们为大学提供了力所能及的支持和爱护，而没有提出偏离大学教育本身的要求。联大的学子，入校前是各地的翘楚，在校时是真正的大学生，毕业后是人格健全的社会正能量，足矣！

鹿桥的大半生都在美国度过，在耶鲁大学获得博士学位，因在艺术史教席的成就，以特级终身教授退休。但他的名气，终是由《未央歌》打下的，这便是文学的厉害之处。《未央歌》完稿后，直到一九五九年才自费在香港出版。一九六七年始在台湾商务印书馆正式出版，从此风靡台湾数十年，重印五十多次，发行两百多万册，成为一代代大学生的青春之歌。由于一些原因，包括鹿桥坚持不接受简体字，大陆迟至二〇〇八年才由黄山书社推出繁体字版。但此时大陆的文风已经一变再变，小说自有贾平凹、王朔、莫言们撑持门面，《未央歌》纵有西南联大撑腰，还是没能像在台湾那样受到顶礼膜拜。

鹿桥于二十世纪五十到七十年代几度客座于京都大学。我手中有一册《未央歌》最初版本，版权页印的是香港人生出版社，扉页却印有"延陵乙园"出版的字样。此书是鹿桥签赠给京都大学教授吉川幸次郎的，下款题"吴讷孙"，二人必是在京都曾有交游。吉川先生是日本最著名的中国学专家之一，著有《我的留学记》，说中国是他的恋人。他于一九八〇年去世，十余年后，吾人访书京都，颇得其旧藏古籍。当然，与古籍相比，这册《未央歌》，有如一件别致的小礼物，却也是毫不逊色的。

启功签赠内田诚一《启功论书绝句百首》

那一年和北九州中国书店的小田隆夫君,驱车到广岛的安田女子大学拜访萩信雄教授。在座另一位先生内田诚一,有着穆如清风、温润如玉的样子和谈吐,一了解,果不其然,原来竟是启功先生的高足。

启功先生一生只带过两个外国博士生,都是日本人,但获得博士学位的,只有内田先生一人。一九九五年他报考北师大的导师本是聂石樵先生,聂先生却认为他精通书法,不如跟着启功先生研究更好,于是列入大师门墙。

内田先生的先祖是幕府时代九州大名"秋月氏"的家臣和姻亲,因德川幕府崇儒氛围的浸濡,世代传承着对汉学的感情;明治以来,他的父祖辈又多为真言宗的僧人,因此他对佛学素不陌生。如此,他的博士论文便以"诗佛"王维为主题,研究其山水田园诗的特点。

内田先生的大学和大学院(研究生)时代都在早稻田大学度过,是名校佳子弟。但更有意思的是他的中学时代,他那成城中学校,在中国近代史上有着显赫的身世。纵横民国一代的日本士官生，如蔡锷、唐继尧、阎锡山、孙传芳、程潜、杨宇霆等，正式进入陆军士官学校之前，都需在成城预备学习一至三年。而如蒋介石、张群、黄郛等，后来并未升级士官生，留日的"最高学历"便是成城了。

战后，日本取消军队，陆军士官学校也寿终正寝，但成城学校转为一所非军事化的普通中学，得以保留下来。"成城"二字，语出《诗经·大雅·瞻卬》"哲夫成城"。建校百多年来，成城的校训始终是"知仁勇"，校章依然是"三光星"，但校长已赫然是一名女士——栗原卯田子。

关于王维的诗，我的好友徐晋如先生是很不以为然的。他认为中国传统诗学有两种不同的体系，一是"诗言志"，一是"诗缘情而绮靡"。"诗言志"是对生命的体验，"诗缘情"却只是瞬间的感动。王维的诗属于后一种，此类末流，往往变成对景物人事的应酬。

我也作诗，按我多年来的体验，确是无法接受没有寄托的写景写物，再怎么缘情绮靡也无法感动自己。但是，王维毕竟是超一流的艺术家，他的书画和音乐，都是千古神品。音乐纵然不传，可通过其"弹琴复长啸"的诗句想象得见，则其诗亦有其公道人心在。内田先生是书道教授，又自小精通钢琴，跨越千年追随王维，正是得其所哉。

启功先生更是雅人。他是当代"书圣"，其独创的"启体"已成为电脑字库常用字体。古今只有钟繇的楷体、宋徽宗的瘦金体可与相比（传说蔡京或秦桧发明宋体字，无实物证据）。字如其人，最见性情。瘦金体如鹤，宋徽宗像卫懿公以鹤亡国一般，是因用奸佞而亡国；启体如竹，启功为人亦达观知命，中通外直。

恰巧启功也酷爱竹子，画作以竹居多，我最爱他画的朱砂竹，大红色逼人而来，十分惊艳。还曾见过他一张抱竹而立的相片，可谓古稀少年，令人忍俊不禁。

若论启功先生的学问，仍以书画居长，衍及字画碑拓的鉴定，亦是行家里手，在文物界享有大名。但论古典文学的学术造诣，虽出陈垣大师门下，治学终是非其所长，四十岁前竟无著作出版，辜负民国那么好的学术出版环境。后来专著亦不多，知名的有《诗文声律论稿》《汉语现象论丛》《说八股》，都是小书，与其盛名不符。

唐吟方《雀巢语屑》谈道："启功之名，近二十年来，随其书法播声南北，因其书法、鉴定之名又增重其治学之名，世辄有大师之称者。北人之重启功，源于其交流圈，若友朋黄苗子、杨宪益、王世襄等，打油戏称其国宝。顾国宝之名实与学问无关，纯系于其体肥似珍宝熊猫，好事者误会其意，引为文化或学术上国宝，其义始变，积久而成是。余知江南学人于启功学问绝无推重之意。"不过，启功先生为人谦和，他连皇族身份都不稀罕，一直自称"姓启名功"，凡来信寄"爱新觉罗·启功"者皆予退回，更从未自诩区区大师。书法已足以流芳百世，何须苛求其他。

《启功论书绝句百首》亦是启功名著之一，以七绝形式评论古今书家。此种形式，古人多用于论诗、论词、论书、论画、论藏书家等，是士林雅玩之事，现代人多不可胜读了。当年在香港跑马地黄志清先生府上，他取出《论书绝句》手稿一册示我，宣纸绿栏，书品叹绝，讶异难言。后来黄先生病故，此册便不知云归何处了。

启功先生另有《论诗绝句》《论词绝句》，都精妙有味。只是当今大学决不会承认此类传统形式是真正的学术，启功先生是大师，说一是一，可怜我辈若如此行文，却将永远评不上教授。

内田先生中文上佳，且日本人善于保养，看上去比实际年龄年轻了二十岁，因此每次交谈都很尽兴，既可纵谈中日古今掌故，又无代沟之累。萩信雄教授亦是快人快语。几次去广岛，三人都饱餐畅饮而归。亦承内田先生惠让多部古籍，其中一部乾隆六年（1741）杭州徐廷槐墨汀刻本《南华简钞》，为清人孙原湘

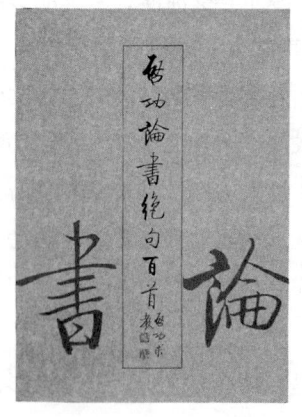

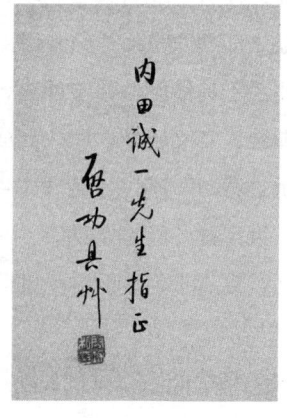

（席佩兰之夫）旧藏，有其朱黄两色旁批，琳琅满楮；另有郁达夫之友服部担风的题跋一页。此书我极喜欢，珍藏内室。前些天赴日，恰又购得服部担风《养疴诗纪》一册，书缘益深。而我与内田先生的林林总总，容后续之。

金庸签藏黄蒙田《读画随笔》

二〇一八年十月三十日晚，遽闻金庸先生逝世。我以金庸小说为启蒙读物，一直都在想，与大师并生世上而不能相识，堪称人生最大的遗憾。先生虽然年迈，但如今医疗科技发达，富贵寿考，往往百岁，心想只要自己努力，香港与深圳一衣带水，总有投简拜访的机会。孰料天不假时，终成遗憾。《神雕侠侣》写杨过误入独孤求败的剑冢，领略了这位前辈高人"打遍天下无敌手""傲视当世，独往独来"的气概，不禁神往不已，"但恨生得晚了，无缘得见"。虽不能自比杨过，心境却一般无异。

若将金庸比作他自己笔下的大侠，似也只有独孤求败最为契合。我因常从香港人百尝兄游，得识金庸的二公子查传倜先生。他是美食家，倾谈侑酒，意兴遄飞，说到古龙、梁羽生等，一概睥睨为"小作坊"——焉能与乃父这个经纶国手相提并论。我理解查公子的意思，即在武侠小说的领域中，他父亲正是个"傲视当世，独往独来"的独孤求败。

可是现实中的金庸先生，以生来的相貌气质而论，不要说与独孤求败有天南地北之别，就算比起那十五部鸿著里随便一位男主人公，也多有违和。那些大侠全都站在世俗社会的对立面，是官府无法控制的"活神仙"，而金庸先生是江南世家大族的子弟，官宦因子已溶入基因，骨子里是个传统的儒家士大夫。因此最初，他积极运作，希望进入外交部，实现折冲樽俎的光鲜理想，结果以出身问题被峻拒。从此，查良镛转身，脱离《大公报》，创办《明报》，倒成为政论界的名剑客。与此同时，"金庸"从查良镛的躯壳中横空跃出，一出手即横扫天下，登极武林至尊，迄今已六十年矣。后来的金庸当然是侠之大者，用龚自珍的诗"亦狂亦侠亦温文"最是贴切不过了。

因武侠的成功，金庸本人也成为香港排名有数的富豪。李敖写《三毛式伪善与金庸式伪善》，讥讽金庸自诩虔诚的佛教徒，身为大富翁却不能修"七圣财"，"随求给施，无所吝惜"。这便犯了文人相轻的毛病了！金庸再精研佛法，骨子里却是儒家，而真正的儒家恰恰讲的是差等，从不讲平等。

其实金庸成名之前，也过了一段困顿的日子。他一九四八年到香港做报人，次年海宁老家的财富覆灭，当时多少世家子弟落魄香江，他也不能例外。他迷恋夏梦，直言夏梦是当代西施，且他作为编剧有不少与夏梦接触的机会，最终却只能单相思，说到底是实力不够。倘若他早些成为"武林盟主"，夏梦尚未嫁人，也许就会如周芷若那样跑来说"你也曾答允我要做一件事啊"或者"我的眉毛也淡"之类的话了。

我在新亚书店买到一本香港画家黄蒙田的《读画随笔》，香港人间书屋一九四九年七月初版，封面和扉页赫然签了"良镛"

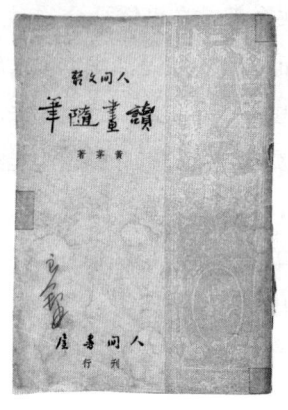

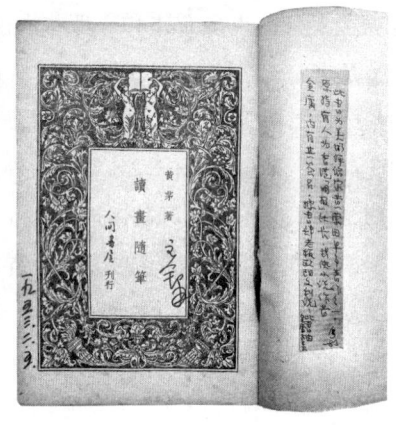

之名，是金庸旧藏，并题了购书日期：一九五三年二月五日。扉页贴有香港著名编辑、藏书家黄俊东写于一九八三年的一条题跋："此书为美术评论家黄蒙田早年著作之一，原持有人为香港《明报》社长、武侠小说作者金庸，内有其签名。据书肆老板欧阳文利说：此书由金庸卖出。"欧阳文利是香港有名的神州旧书店老板，一生阅人无数，至今库藏不衰。可以想象到金庸以武侠成名之前，偶尔拮据，亦需卖出心爱之书以贴补家用，竟与吾辈一般。同时还买到一册易金（陈锡桢）的小说《百戏图》，扉页题"金庸兄嫂指正"，当是同时售出之书。

《读画随笔》是黄蒙田评赏中外绘画的散文集，我还有他另一本散文集《画廊随笔》，一九七〇年香港上海书店版，是他签赠给诗人陈迹的。金庸虽写武侠，但对西方文学艺术一直有浓厚的兴趣。他酷爱芭蕾舞，不止看，还表演。他的散文集《寻他千百度》，大谈"战争与和平""第十二夜""王子复仇记"等西方文学题材。他因有西洋情节，八十一岁时跑到表哥徐志摩写《再别康桥》的剑桥大学攻读博士，虽然论文写的是唐朝的皇位继承问题，但终于得偿夙愿拿到了西洋学位。有一次我去拜访张五常教授，他对金庸跑到英国读什么博士很不以为然，认为这是不务正业，远不如多写几部武侠有价值。

确实如此，倘若金庸不那么早封笔，多写几本小说，多创造几位大侠，多描写几段情感，多发明几门武功，华人世界该增添多少快乐？

金庸小说共十五部，他以一副有名的对联"飞雪连天射白鹿，笑书神侠倚碧鸳"来概括，再加上短篇《越女剑》，这样就有效地防止了盗版。有此对联之前，冒名金庸的小说多如过江之鲫，有的更用了"金童""全庸"等名，欲含糊蒙混过关。诸如《射雕英雄前传》《射雕英雄后传》之类也大行其道。我小时候也误读不少，但阅读之享受决不能与家里那部宝文堂书店版《倚天屠龙记》相比，后者我细读了不下二十遍，是我最重要的启蒙书。现在我更加坚定地认为，中国的孩子们都应把金庸小说作为启蒙书，金庸是

当之无愧的语言大师和文豪。

曾将金庸不再写武侠、周星驰不再演电影、陈佩斯不再演小品、王立平不再谱红楼，视为"活着的四大绝唱"。其实后三人尚不能与金庸相比。所遗憾者，是金庸四十八岁就封了笔，从此把大量精力放在了对作品的修订中。二十世纪七十年代那一轮修订，成就了深入人心、比较完美的明河—三联—远景版，尽管也有删除"秦南琴"等遗珠之憾。但到了晚年，竟要再度修改，弄出"世纪新修版"，非要让周芷若明确阻止张无忌和赵敏成亲，让王语嫣回到慕容复身边，让任盈盈成了醋坛子等等，很多读者就颇有微词了。

不过从商业上考量，只需做些修订，便可重版再卖几轮，当然是划算的。当初金庸为出版自己的小说创办的明河社，迄今仍然只出版自己的作品，堪称全球最独特的出版社，却始终效益良好。如今七十年代以前的旧版金庸小说，每套要一万至数万不等，甚至花钱都买不到了。三联版盗版太多，正版旧书也是价值不菲。当时三联社还特制了六百套软精装版，如今更已珍若拱璧，都快要形成"金庸经济学"了。"连载版""修订版""世纪修订版"，加上各种盗版，有趣的内容变迁，由云君和王司马的精美插图，已形成了热闹而盛大的"金庸版本学"。而粤曲、电视、电影对金庸作品的演绎，更是将虚拟的江湖变成了鲜活的武林，明星和观众共同创造了一个"金庸的世界"。如此下去，只怕"金学"要比"红学"更热闹了。

金庸先生此番驾鹤，我总觉得，他是到那个虚拟魔幻的世界，与他喜欢的杨过、小龙女、令狐冲、任盈盈等团聚去了。既然人的意念和想象也是宇宙的一部分，为何不能真实地进入呢？依我说，是我们对世界的了解还远远不够罢了。既如此，不如把金庸小说好好地再读一遍吧。

钱稻孙签赠平冈武夫《唐韵考》

近年游历京都，常能感受到日本老一代汉学家不绝如缕的影响，如内藤湖南、狩野直喜、铃木虎雄、青木正儿、平冈武夫、吉川幸次郎、桥本循等，群星闪耀，足以与民国本土学术大家相映生辉。常于不经意间邂逅他们的手泽，得以真实地感触到他们的治学态度与成就，宛如亲炙受教一般。

因我崇尚经学，故在这些先生中，仅以学术而论，最佩服的反倒不是对中国洞若观火的内藤湖南，也不是将中国视如恋人的吉川幸次郎，而是"尚书学"的专家平冈武夫。这些年颇得他的旧藏，其中不乏焦循题跋阎若璩《尚书古文疏证》、乾隆丁杰补缺抄本《林拙斋尚书全解第三十四卷》等珍籍，以及钱大昕《潜研堂全书》、段玉裁"经韵楼丛书"、皮锡瑞《师伏堂全书》等经部大部头。清代学者有关《尚书》的刻本，除江声的篆书版《尚书集注音疏》外，平冈先生全有，也几乎都被我承接过来，实在是一件十分幸运和自豪的事情。

"经韵楼丛书"收有《古文尚书撰异》三十二卷，平冈先生以朱、墨、绿三色笔过录了顾廷龙批校臧庸誊抄段玉裁原本，琳琅满楮，十分壮观。内藤湖南和铃木虎雄的藏书都整体移交与图书馆，无从得睹。坊间偶见吉川幸次郎的批校本，也是精严详赡，但行笔一看便知是日本人。平冈先生的书法却绝似中国人，在日本人中绝少一见。平冈先生在北平时师从傅增湘，却未耽于藏书版本之学人，而是发奋读书。臧庸誊抄本为顾廷龙所藏，廷龙亦是《尚书》专家，与族侄顾颉刚合著有《尚书文字合编》。一九三七年顾廷龙将此书校读一遍，不久平冈先生向廷龙借来，又精读一过，且把前人批校全部过录于此"经韵楼丛书"中。原书应还与顾廷龙，却不知所踪了。读毕他且留下一行小字——"昭和十三年二月十日点毕　悲哉"，真有谦谦君子的风范。

所得平冈武夫藏书中有不少名家签赠本，下款都是中日著名的学问大家，如杨钟羲、王云五、严一萍、严耕望、饶宗颐、吉川幸次郎、武内义雄、宫崎市定、内藤乾吉等。另有钱稻孙所赠一部《唐韵考》颇可玩味，封面题记"此畿辅丛书本唐韵考，实出先君子手校，因题括斋重斠，故鲜知者，今检赠平冈先生，纪分袂之惜，并志其事于端。戊寅秋日钱稻孙"。钱稻孙之父钱恂，因先后入薛福成、张之洞幕府，襄办洋务，多次奉命出使，遂以著名外交家名世；但他在三十岁之前，功名不显，一度沦落至帮人编校图书。"括斋"指直隶定州人王灏，即"畿辅丛书"的总编，他三十岁中举后，无心仕进，矢力编辑这套丛书，专辟院宇供编辑者工作和居住，酬金等花费颇巨。直隶乡贤如张之洞等亦参加了丛书编辑之议，对钱恂这样的科场失意者

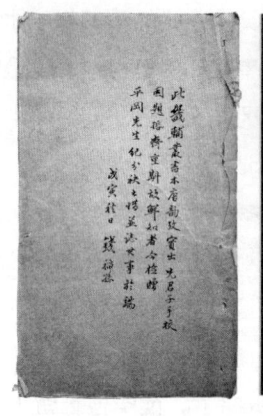

来说，参与编辑不失为一份体面的短工。"畿辅丛书"近四万片雕板，至今尚存定州市博物馆，这一文化工程功在千秋。如此看来，王灏虽然霸道地印上了"括斋重鞫"，但一眚不能掩大德。

当时中国尚无"知识产权"的概念，但作为老辈，连区区点校者的微名，都不愿让予后辈，难怪人家一家人几十年都不服气了。其实时至今日，中文、历史系的研究生们也经常帮导师做些点校工作，有的名标合著者，有的在前言后序中被鸣谢，有的被导师赏赐几吊银子，有的名利俱无、义务劳动，皆视导师风格与心情而定。所以钱恂不过是运气不好罢了！可是钱稻孙为父亲鸣不平，不想自己后来的遭遇却比父亲委屈得多了。一九五六年他退休后，在人民文学出版社当特约编辑，翻译了一部三十六万字的大书——日本林谦三的《东亚乐器考》。拿去出版，装帧用纸都体面漂亮，却只字未提他的名字，只是欧阳予倩在序中写了一句"我就请人代为翻译"。据文洁若的回忆文章，钱稻孙只好苦笑着说——"谁叫我犯有前科呢"。

钱稻孙签赠平冈武夫此书是在一九三八年的北平。其时周作人尚未"落水"，钱稻孙却似毫不犹豫地就任"北大秘书长"。关于他的心态，杨联陞的回忆文章写道："在七七事变之前，钱稻孙对时局确是偏于悲观。他觉得就中日国力而言，如果单打独斗，我们实在打不过。有时在课外甚至于感慨的说：'我深恐日本会征服中国或中国的一部分，不过他们的气数，一定会比元朝短得多。'所以从基本上说，他对中华民族的复兴，是深具信心的。他又常勉励同学说：'我们的政治家要同日本的政治家比，军人要同日本的军人比，教授要同他们的教授比，学生要同他们的学生比——要比过他们，这样才有希望。'"

在抗战之前，中国本有很多亲日派，多有在日本留学或工作的经历。但亲日派和汉奸并不是一回事，如曹汝霖因亲日被五四学生放火烧了宅邸，但他始终不曾沦为汉奸；反倒是当时慷慨激昂高喊"打倒卖国贼"，带头火烧赵家楼的北大学生梅思平，后来成为货真价实的汉奸。钱稻孙的情况却另有不同，他十三岁就随外交官父亲旅居日本，度过了奠定一生基础的中学时代，就像宋美龄是半个美国人一样，他对日本的认同感太强，也算得是半个日本人。因此，虽然他热爱中国，却舍不得这种认同感，当抗战初平津学者纷纷南下时，他居然力图挽留。后来他却做了一件极有价值之事，即以伪北大图书馆馆长身份，尽力守

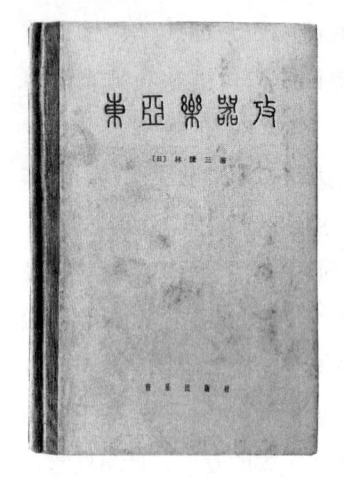

护图书，还接受了李盛铎木樨轩的藏书和清华大学图书馆除南迁之外的馆藏书，这些书在抗战胜利后都移交给了新北大。然而，在"绞肉机"一般的抗战面前，奢谈文化贡献，是极为尴尬和无力的。他从此迎来了艰难的晚年，死于"文革"中。死后，他被停放在一间空屋子的木板床上，盖了一条灰色毯子。同时，从他家抄出的东西用解放大卡车拉走一车，从上午忙到下午。

民国时代上接士大夫阶层居国家主导地位的传统中国，在社会的嬗变中，因中西文化的碰撞，诞生了一大批优秀人才。钱稻孙因其出身地位和成长经历，堪称精英中的精英。他在日本上中学，在意大利上大学，这在二十世纪初的中国，可谓凤毛麟角。他父亲是外交官钱恂，他母亲更是一代奇女子单士厘。随夫出使外国并不稀奇，赛金花都可以，但单士厘用精彩的文笔记录了寰球所见，堪称张眼看世界的第一位中国女性。她的文字固然精彩，但更精彩的是她的见识，如她在大阪观摩"第五回内国博览会"后，盛赞日本的教育：

> 日本之所以立于今日世界，由免亡而跻于列强者，唯有教育故。即所以能设此第五回之博览会，亦以有教育故。

馆中陈列文部及各公立私立学校之种种教育用品与各种新学术需用器械，于医学一门尤夥。更列种种比较品，俾览者得考见其卅年来进步程度。……年来外子于教育界极有心得，故指示加详，始信国所由立在人，人所由立在教育。有教必有育，育亦即出于教，所谓德育、智育、体育者尽之矣。教之道，贵基之于十岁内外之数年中所谓小学校者，尤贵养之于小学校后五年中所谓中学校者。不过尚精深，不过劳脑力，而于人生需用科学，又无门不备。日本诚善教哉。……故男女并重，女尤倍重于男。中国近亦论教育矣，但多从人材一边着想，而尚未注重国民，故谈女子教育者尤少。

一九八五年，钟叔河先生主编出版了著名的"走向世界丛书"，收录了她的《癸卯旅行记》《归潜记》。此套丛书特制牛皮精装本一百部，我幸收有一部，常于邺架观之，钱单士厘一裹足女子，竟与李鸿章、薛福成、康有为等揖让进退，巾帼不让须眉，实在扬眉吐气。有这样的精英母亲，才有钱稻孙这样中西贯通的优秀学者。

钱稻孙汉译的《万叶集》在日本也有很大影响，译稿全部用文言，后来在日本出版，一众知名学者参与编校，平冈武夫也是其中之一。只是钱稻孙身负汉奸罪名，连署名权都失去了，更无法如梅兰芳、欧阳予倩、顾廷龙那样，得到少之又少的文化团体访日机会，与故友重逢欢叙。但他仍坚持与日本故人通信，曾见到他与铃木虎雄的信札多通,或汉文或日文,皆于殷殷问好之外,探讨学术新见。

内藤湖南签赠青木正儿《景宋椠单本尚书正义解题》

去了几十次京都，却一直没有去法然院凭吊一下内藤湖南的墓。尤其想到戊戌年凭吊内藤湖南是极有意义之事，但今年十月去时，偏又行程极蹙，遂又错过。时事日非，近来却常常想起内藤湖南在《诸葛武侯》中所写："太平时，大概每三五十年为一周期；动荡时，则只要十到十五年，世界就会面目全非，乃至旧事物荡然无存。只有极少数人能洞察时事，把握时机。"不禁心有戚戚焉。大后年是辛丑，扫墓不妨大后年。

内藤湖南并不像吉川幸次郎那样，对中国充满恋爱般的迷恋。他自小通读中国经典，像中国人一样用文言文写作，对中国文化顶礼膜拜；但他到中国游历后，为现实中国的脏乱、丑陋和破败震惊不已，《燕山楚水》中处处流露出对中国和中国人的失望和嫌恶。但他并未因此改变初衷，转投西方文化，或者像很多日本学者那样，把日本文化独立出去并加以夸大。他始终认定中国文化远比西方文化伟大，只不过中国文化的中心可以转移，日本即将承接这一文化中心的使命。其实，这正是纯正的儒家观点，即"中国"并不是一个地理概念，而是道统所在，"诸侯用夷礼则夷之，夷而进于中国则中国之"。明朝灭亡后，朝鲜、日本、越南都以"中国"自居，而视清朝为蛮夷，都是文化意义上的考量。

他虽对中国的现状失望，但他对中国和中国人的看法始终保持理性和客观。他一生都在研究中国，几乎以中国的诸葛武侯自居。他提出了全新视角的中国历史分期论，一改前人"唐宋"并称的惯例，提出因为贵族阶层的解体消泯，宋代民众意识开始觉醒，开启了中国的"近世"。他的《中国近世史》，时代只是从五代到元末，为古今所未道。而民众意识的觉醒，为共和制提供了条件，因此他虽认为中国改革应以明治维新为范例，却又始终认为中国应该走向共和。而且这一共和绝非西方舶来之品，而是宋朝以来中国的固有之物。当然，在这一论证过程中，他不出意料地受到了黄宗羲《明夷待访录》的深刻影响。他的共和看上去远比孙中山的共和深刻得多，比如他提出中国应以民间"乡团"组织为基础来建设联邦制共和。

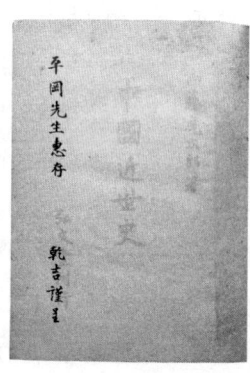

他虽然对现实的中国失望，却始终沉湎在对传统中国这个文化古国的自豪中。他在《燕山楚水》中写道：

北京的人家里没有茅厕，大街和胡同的角落，胡同里的墙边，到处都是拉撒粪便的地方，所以走在北京的街上，总能闻到充溢在空气中的粪便的气味，整个北京城感觉就像是个大茅厕。据说现在已经废坏的明代都城，当时建设的时候，拥有规模很大的下水设备，不输现在文明各国的都会。清朝的文明和前朝相比如何，从这里不难推测。

他始终觉得，过去的中国是很好的，只是后来情况变糟了。

他认为中国的改革需要得到外国，特别是日本的帮助，很多人因此认为他支持日本侵华和大东亚共荣，再加上他一口一个"支那"，很令中国人感到不快。但实际上他始终只呼吁"帮助"中国，除了坚称是日本从俄国手中夺回东北、从德国手中夺回山东之外，并不支持军事征服中国。"二十一条"谈判时期，他发表社论，表示"日中亲善"只有在相互尊重彼此利益的基础上才有可能，而"在日本这样一个政治家毫无经纶可言的国家里，……将此种种只顾一己私利的肆意要求凑在一起，就形成了二十一条的要求条件"。他担心这种自私和短视的行为会增加中国人对日本的敌意，从而不欢迎日本人"帮助"中国。很显然，这与日本军国主义的立场并不一样。他的知己犬养毅首相，也正是因为不赞同军事手段，被激进军人刺杀。

他年轻时也曾游历欧洲，但即便欧洲的整体环境远优于中国，他却说"凡汉皆好"，坚定地认为中国文化拥有无可比拟的优越性，远比世界上任何一种文化都先进得多，而日本深受中国文化的恩惠。在这份热爱的推动下，他在京都帝国大学开宗立派，与白鸟库吉为代表的"东京学派"分庭抗礼。彼等极端否定中国文化，他的"支那学派"则极为推崇中国文化。他为此获得"内藤学"的美誉，与他相颉颃者，有铃木虎雄、狩野直喜、青木正儿、吉川幸次郎等京大学者，更有罗振玉、王国维等中国旅日先生。

于是内藤湖南像醇正的中国文士那样，浸濡于对古典典籍和书画艺术的热恋之中。他三十三岁时家中失火，数千册藏书全部被焚。随后他便起程访问中国，也便开始了全新的访书之旅。在中国他参观了内阁和奉天故宫的藏书，拍摄了全套的《满文老档》，日常的访书则以金石为主，兼及小说戏曲、满蒙文字。他的访书日记完整地保留了下来，有中文版本。到一九三四年他去世为止，他的收藏极为闳富。他晚年栖隐的恭仁山庄，拥有唐写本《说文解字》木部残卷、北宋刊本《史记集解》、宋刊本《毛诗正义单疏本》、平安朝写本《春秋经传集解》残篇等"四宝"，皆为日本文化财审议委员会指定的"日本国宝"。此外更有宋元版数十种。书房应景悬挂林则徐手书"拓室因添善本书"匾额。他亦有自鸣得意的诗："买得林园惬素襟，绕檐山水有清音。萧然环睹无长物，满架奇书一古琴。"

他去世后，家人将宋元刊本六十七种、唐宋元明抄本三十一种售与大阪富豪富武田氏的"杏雨书屋"，详情可参见北京大学严绍璗教授《日本藏汉籍珍本追踪纪实》。其余则在长子内藤乾吉去世后，整体售与关西大学图书馆，该馆为之专辟"内藤文库"。他的三子内藤戊申亦传承家学，金石类收藏甚丰，去世后亦整体出售。因此，内藤湖南的旧藏在坊间绝难见到了。同样情况的还有铃木虎雄，他去世后藏书整体归于京都大学长善馆，专设"铃木文库"。

但青木正儿、平冈武夫、吉川幸次郎诸先生的书，坊间常可邂逅。他们彼此交游密切，赠书更是常事。内藤湖南的大作《中国近世史》和《支那上古史》，身后重版，内藤乾吉都会工整地签呈平冈武夫等人。但内藤湖南本人的签赠本，我只有幸收到一本，即签赠青木正儿的《景宋椠单本尚书正义解题》。

青木正儿号"迷阳"，是狩野直喜的高足，后来也做了京大教授，比内藤湖南小二十岁，是中国戏曲史专家，著有《中国近世戏曲史》，在中国一再重版。青木正儿非常尊敬内藤湖南，散文集《江南春》收录对两个人的追忆文章，一是王国维，一即内藤湖南。他着重回忆了在汇文堂书庄与内藤湖南的几次过从，深

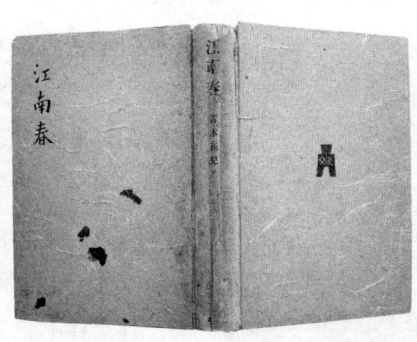

切缅怀内藤的侠义之风。我不禁想起我每次路过京都御苑东侧的汇文堂时，都会端详那块古老的招牌，正是内藤湖南所题。

内藤湖南对书画亦极耽迷，恭仁山庄所藏，除古籍外，金石书画亦夥。他是日本鉴定书画的顶级权威，题跋题签的润笔费极高。当时日本经营书画和以珂罗版复制书画者，首推原田悟郎的博文堂。不要说他家经手的字画，就是盖上"博文堂审定精印记"方钤的珂罗版，如今也已是拍卖会的热点。内藤湖南是原田悟郎最重要的鉴定老师，直到内藤病近弥留，原田都捧来元人龚开的《骏骨图卷》请他审定。我曾不经意收得大正三年（一九一四）内藤湖南题签《明贤尺牍——木堂先生珍藏》一部，便是博文堂的珂罗版，而木堂先生赫然便是后来任首相被刺杀的犬养毅。

古代官方无论出版还是收藏，首重经部。唐朝孔颖达主持刊定的五经正义，在经部有着崇高的地位。其中，没有经书及汉魏旧注全文，只将需要疏解部分列出的版本叫"单疏本"。现存最早的《尚书正义》单疏本为南宋光宗年间刊本，完整一部者，只有日本宫内省图书寮所藏。该寮藏有五经正义单疏本，只有《尚书正义》二十卷完好。此即内藤湖南所津津乐道者，为之写了篇幅极长的《解题》，更有《略解》一篇，收录在书话《目睹书谭》中，反复叹息其为"天壤间孤本"。此《尚书正

义》于昭和四年（一九二九）由大阪每日新闻社影印出版，但印量甚稀，《解题》附录于帙内。傅增湘《藏园群书经眼录》著录："余蒙内藤湖南博士虎惠贻一帙，精美殊常，真下真迹一等。"吾亦得此书，更欲何言，但求作为与一代大师的一场神交罢了。

汪宗衍签赠邓苍梧《艺文丛谈》

上环摩罗街一带历来是香港重要的旧书集散地,旧书随古董、古玩、旧家具一起流出,作为那些贵重玩意儿的附属品,飨了书痴数十年。但近十余年来,此景渐不复存了。一来香港放开对内地人的自由行后,书友蜂拥而至,迅速将这一带的存货扫光,且把新货视如禁脔,后来者也就没什么机会了。二来随着嘉艺、新亚等拍卖行做起古籍二手书生意,强大的虹吸效应之下,场外几乎片甲无存。

当年的自由行政策是,广州等五地放开之后深圳才放开,因此待我赴港时,全港旧书店已如被篦子反复耙梳过,诸如木版水印画册、线装诗词别集等高级货,早就花落"先驱者"之家。好在我自忖算半个读书人,对香港老一代文史学者有着浓厚的兴趣,而香港二十世纪五十到七十年代出版了不少此类著作,因不是书友追捧的重点,故尚能捡拾不少。诸如在香港鼎鼎大名的高伯雨、汪宗衍、朱省斋、卫聚贤、饶宗颐辈,不经意间几乎收全。其中也包括陈寅恪《论再生缘》友联社单行本,在陈先生生前和逝后各出版一次。这些书大多薄厚、开本适中,装帧大巧不工,入手轻便可喜,展读之余,时时把玩,也算是件幸福之事了。

忽有一天,何家干兄对我讲,摩罗街的木玲珑旧货店新到一批好书,内有汪宗衍的签赠本云云,让我抓紧去看。我问他自己为啥不买,他说问过好多次了,可老板就是不卖。我心想这倒奇了,堂堂卖古董家具的,赚惯了大钱,哪里会在意几本旧书,而且既然摆出来了,岂有不卖之理!

专程赴港,寻到这家店外,只见门面不小,店内老家具不少,摆得很整齐,不像很多旧货店那么自暴自弃。一张炕柜上堆了两摞旧书。触目之下,确如家干兄所言,都是名家鸿著,如汪兆镛《山阴汪氏谱》、汪宗衍《艺文丛谈》《艺文丛谈续编》《陈东塾先生年谱(增订本)》《屈翁山先生年谱》《天然和尚年谱》《诗律——蒹葭楼诗续稿》《清史稿考异》《读清史稿札记》《明末中英虎门事件题稿考证》、朱省斋《画人画事》《艺苑谈往》《省斋读画记》《海外所见中国名画录》、苏文擢《黎

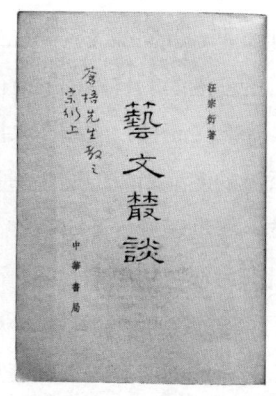

简先生年谱》、简朝亮《颐巢论学手札》等,真是欢喜不胜。但回头望去,正遇着两道凌厉的目光,知道这便是家干兄所说"这些书不卖"的老板,不免忐忑起来。整理好心神,走到老板面前,指着那两摞书问:"您好,这些书怎么卖?"

我在粤多年,粤语既不会讲,也听不懂。摩罗街的小店多少有些欺生,何况是讲京腔的北客。但言语甫接,他凌厉的眼神突然变暖,语气竟十分和气,连说"卖,卖,为什么不卖"。我自是欢喜不禁,待一本本定了价格,他又说:"我一看你就是个真的读书人,当然卖给你,我眼光不会错。"能得到这样的褒奖不是坏事,但我想到家干兄读书胜我百倍,又是外企高管,养得风度翩翩,却被我侥幸捡了便宜,不免颇感惭愧。多年之后,家干兄更在中华书局的《掌故》杂志上连发大作,名扬士林,而我学书学剑两不成,仍是一介白丁而已。这位姓黄的老板一生阅人无数,终于在我这里看走眼了。

这批书不乏签赠本,如汪宗衍《艺文丛谈》《诗律——蒹葭楼诗续稿》、苏文擢《黎简先生年谱》,都是作者签赠给"苍梧先生"的。港澳的"苍梧"有两个:一个邓苍梧,是澳门的大收藏家,斋名传研楼,丝绸商人出身;另一个古苍梧,原名古兆申,是香港的名编辑。但这些书签赠于七十年代,上款都题"先生"甚恭,下款题"上""敬赠",而古苍梧当时刚走出校园,乃知这批书为邓苍梧原藏无疑。而这批书的另一特点,则是几乎将汪宗衍、朱省斋的著作"一网打尽",且都始终未在内地出版。如朱省斋的书皆有关书画鉴赏流传,虽都是三十二开的小册子，亦颇有收藏价值。

汪宗衍和苏文擢都是严谨的学者，名气不能与香港以掌故名世的高伯雨、金雄白等人相比。汪宗衍的著作，主要集中在清史、年谱、金石书画鉴赏、广东乡邦文献四个领域。除《艺文丛谈》《读清史稿札记》《广东文物丛谈》在香港中华书局出版外，多在澳门刊行。澳门所刊书，又以于今书屋居多。因为他父亲汪兆镛在辛亥革命后即移居澳门，家在荷兰园圣味基街（方宽烈《香港文坛往事》误作"圣米基街"）。于今书屋就在这条街上，汪宗衍在陈凡主编的学术名刊《艺林丛录》发表文章，也署"于今"，可知这家书店属他的名下。除汪宗衍著作外，于今书屋还出版过百剑堂主陈凡的《出峡诗画集》《桂林行旅记》等书。

我另有于今书屋出版的汪宗衍编《陈援庵先生论学书简》一册，购自跑马地的黄志清先生处。扉页贴有汪的短札一封，写道"范三先生：兹有《陈援庵论学手简》一册奉赠，存彭恩店中乞驾到取为荷。即颂。大安。弟汪宗衍上"。学界都知陈垣和汪宗衍交谊极深，《陈垣往来书信集》（上海古籍出版社一九九〇年版）中收二人往来书札一百八十九通，为书中之冠，切磋琢磨的治学风范跃然纸

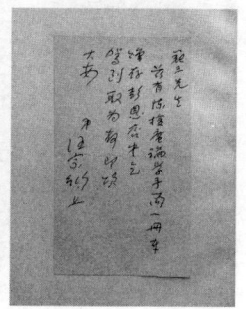

上。汪氏用力主要在陈东塾等人的年谱考订，对任何细微的资料都孜孜以求。陈氏则堂庑广大，汪洋恣肆，其之后的思想转向也颇令人瞩目，连语言风格都变成新时代的了，甚至推崇《金陵春梦》等时代偏见明显之书。这部《陈援庵先生论学书简》，可与《陈垣往来书信集》同看，很有史料价值。我所迷茫者则是，"范三"何许人也？"彭恩"人名耶，地名耶？黄志清先生已作古，无法溯源而问。问遍相识方家，竟无一人知晓。查遍手中所有相关资料，甚至包括港澳名人去世后的哀思录等，海量人名通检一过，仍是查无此人。

谁料后来在京都的朋友书店买到台湾金祥恒的《续甲骨文编》一部，夹有一页手札，写道："续甲骨文编由台湾寄达澳门之日，阅香港时报，惊闻董作宾先生于本月二十三日在台北仙逝，书此志哀。董作宾先生与美国大总统甘乃迪同日逝世……范三记。"书中又盖有"林范三"铃一枚。后来又查询资料，乃知林范三曾执教于广州大学，著有《中国图书馆小史》，后到澳门兴办教育。黄志清先生与朋友书店有数十年的交情，此书必经黄先生转手。方宽烈《香港文坛往事》"澳门旧

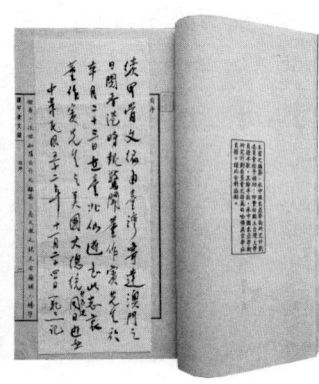

书业的兴盛和没落"一文提及黄先生常到澳门收书,则林范三先生也是卖方之一。这些都是书缘的妙处了。至于"彭恩店中"云云,方宽烈此文写到,汪宗衍每天下午都到木桥街的万有书店摇扇看书,彭恩当是当时店主的大名,也未可知。

友朋书札及签赠图书,可令人获得时空穿越感。汪宗衍一九三七年十二月二十四日致陈垣函,提及归安姚觐元的"咫进斋丛书"有陈澧的序文,因"粤中所见者俱无之",故询陈垣"邺架有否"。我的书架上倒有此丛书,只恨不能早生数十年,送呈汪先生座下。寒舍另有苏文擢签赠本《邃加室诗文续稿》一册,上款题"孝老词丈诲政",落款日期为乙丑(一九八五)立秋。"孝老"即孝博,汪宗衍的字。汪宗衍八十年代初从澳门移居香港鲤景湾,一九九三年因跌伤不治于香港玛丽医院病逝。我收港澳诗词资料极夥,从未见有汪宗衍的一鳞半爪,但由苏文擢题"词丈",揣测汪氏亦能诗词,毕竟那个时代的世家子弟,诗词是童子功而已。

汪宗衍的父亲汪兆镛,是汪兆铭(精卫)的长兄。传统社会讲嫡庶之别,如袁世凯贵为直隶总督、北洋大臣,想把身为妾

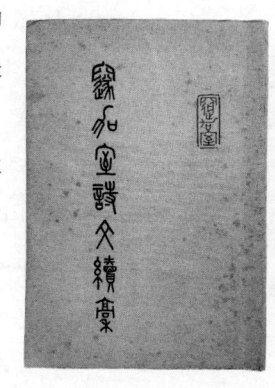

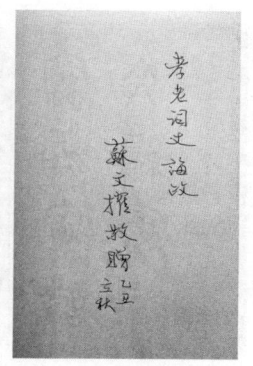

室的生母和父亲合葬，被他那嫡长兄袁世敦峻拒，气得袁世凯发誓再也不回老家项城，改在安阳附近的洹上村另造一个老家。同样的，汪兆镛是嫡长子，汪兆铭是庶出的幼弟，在宗族中的地位不可同日而语。汪兆铭先是刺杀清摄政王，后来成为民国政要，汪兆镛却甘做清朝的遗民，避走澳门，一生不为民国所用，后来与汪兆铭老死不相往来。汪兆镛诗词学术俱佳，在广东学者中地位很高，他还编有家谱《山阴汪氏谱》，一九四八年以汪敬德堂名义刊行，汪兆铭也被编入，我在木玲珑也买到一册。

木玲珑所得另一汪宗衍签赠本《诗律——蘘荄楼诗续稿》，作者为广东名诗人黄节，汪宗衍只是审订者，后附有他的一篇短跋。此书为"何氏至乐楼丛书"之十、十一的合订本。何耀光是香港富商，热心慈善，古籍字画收藏极富，他出资刊印图书，从一九六二年印到一九九八年，名"何氏至乐楼丛书"，其中大部分为影印古籍，少部分为何耀光本人和汪宗衍、陈凡等近人今人著作。汪宗衍是丛书主要审订者，也提供了一些家传的藏书，如微尚斋（汪兆镛斋号）抄本何绛《不去庐集》、顾贞观《弹指词》等。这套丛书多为影印古籍，对广东乡邦文献的保存和传播很有意义。

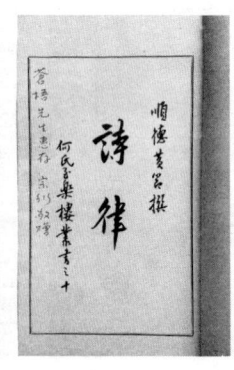

其中收录了不少

明忠烈和遗民的作品，忠烈如顺德陈邦彦、番禺黎遂球、南海陈子壮、东莞张家玉，遗民如番禺屈大均、东莞张穆、顺德何绛、南海陈子升等。可见汪宗衍的取舍。他为《南枝堂稿》《不去庐集》等作序，还为屈大均、顾炎武、剩人和尚等明遗民撰年谱，足见对明代衣冠的敬重。他父亲是清遗民，他却与反清志士作古今神交，颇有些违和感。

此丛书我不经意间收到不少，其中数种也得自木玲珑。第一次去木玲珑，我和黄老板聊得投机；待第二次去时，我却犯了一个错误。那天他不在，他太太和小姨很热心地搬出一摞书来给我看，除至乐楼丛书外，还有一些民国期刊，如著名的《词学季刊》创刊号等。另有一套上海人民美术出版社一九五九年版的《明清扇面画选集》，八开一函，我知道一函应为一百页，于是很煞风景地一页一页数了一遍。数了一遍发现少一页，便又认真数了两遍。真是强迫症了。他家的书卖我实在不贵，但因为少一页，且这种册页基本无法配全，不想放在家里占地方，便放弃了这套书。这时他太太和小姨的眼光就有些"凌厉"了起来。后来我再去木玲珑，店中便不再把书抱出来给我看了。所以，后来我努力将访书视为一种交游，有缺憾的书买了不少，但朋友也交了很多，好书纷至沓来，这便是古人所谓的"千金市骨"吧！

高贞白签赠吴其敏《乾隆慈禧坟墓被盗纪实》

二〇一八年十一长假去日本，照例到小仓拜访老朋友小田隆夫先生。小仓是幕府时代名城，近代以来营建了兵工厂，遂在二战中被美军选作投掷原子弹的目标，但因天气原因，临时改投长崎。虽得以逃过一劫，但十几年后小仓县被取消建制，并入北九州市，只有车站保留了"小仓"之名。北九州不是大城市，却有一家全日本最大的中文书店，即小田隆夫君的北九州中国书店。

小田隆夫君从小喜欢中国，北九州是重要的物流港，他读大学时经常到码头找中国海员聊天，因此他的中文比其他同学好得多，乍一听只道他是中国人。他于二十世纪七十年代开始经营书店，专卖中国学术书，数十年如一日勤勉有加。每次和我聊天，都会得意地说全日本就数他的书店进货最快，别人尚不知出版，他早已寄到顾客手上，所以很多大学教授是他书店的常客。如此积累四十余年，他的书店堪称书界奇观，近两千平方米的场地连屋叠架，堪称壮绝。

他店中有不少七十年代以来的文史出版物，整整齐齐，一套一套，都是崭新的，尤以考古类居多，这与日本东洋学的传统有关。木板重刷的线装书也不少，且以大部头居多。八九十年代，中国物价便宜，他财雄力富，还与天津古籍出版社合作，影印了周叔弢先生所藏的天壤间孤本——宋闽刻本《周昙咏史诗》，只印了两百部，一〇一至二〇〇号尽存此间，我便欣然将序号二〇〇的那册携回了。

他店中几乎没有二手古旧书。曾有一次发现一箱旧书，大多是周作人的著作，有民国版，也有香港翻印本，还有一册一九四一年日本国际文化振兴会出版的中文书《日本的再认识》，颇有助于了解周作人"附逆"的真实心理。周作人初版于日本的中文书，除如今已飚至天价的《或外小说集》（与周树人合编）外，就是此书和一九四三年大阪屋号书店出版的《徐文长物语》了。另有一次发现旧书，则很有戏剧性。当时我仰头找书，左手随意低垂，不经意地抄起手边一书，却也无暇低头一看。这一架看完后，整理所选之书，才发现手中这一册，竟是高贞白的《乾隆慈禧坟墓被盗纪实》。此书我有一册，知道是

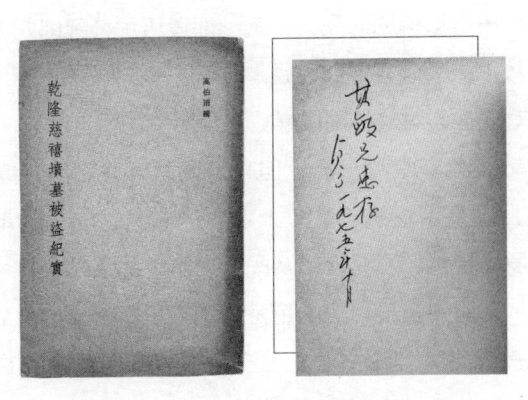

一九七五年香港大华出版社出版的。但把手中书翻开一看，才知是高贞白签赠吴其敏的旧物。惊喜之余，不胜感慨。

我知道此书一定是已故黄志清先生经手之书。当初在跑马地黄先生家里，买到一些吴其敏的藏书，其中一册《辛丙秘苑——"皇二子"袁寒云》，也是高贞白签赠吴其敏，题签规格与此书一模一样，题签时间都是一九七五年十月。多年前，小田先生引荐我认识黄先生，我遂到港拜访，数年内访书之际，听他畅谈香江老辈文人和书界往事，每每如饮醇酒。如今黄先生已驾鹤两稔，不料他的经手之书竟有流转至异国他乡者，睹物思人，焉能不怆然伤神？

吴其敏先生和高贞白是澄海同乡，在香港时相过从，见面都讲潮州话。他是香港老一代著名编辑、编剧、作家、学者，他经常被归类为新文学作家，但他的旧学根底极佳，也喜欢像旧文人那样写一些笔记小品文。他主编辑《乡土》《新语》，有周作人、朱省斋、曹聚仁、叶灵凤、黄蒙田、罗孚等一批名作家供稿。他是粤语电影编剧的先驱，第一部粤语片《阮郎归》即他的作品。已故掌故大家方宽烈《香港文坛往事》收录一篇《吴其敏擅旧诗和对联》，对他很是推崇。

吴其敏虽也写掌故小品，但只是偶然为之，未以掌故家名世。高贞白则是香港第一掌故大家，论名气，堪与内地的郑逸梅相俦。罗孚说他："对晚清及民国史事掌故甚熟，在南天不作第二人想。"时下炙手可热的董桥，本来是写时论的，后来专写掌故，名满鸡林，但论文笔之省净真诚，尚不如高贞白。可高贞白为潮州富商出身，从小养尊处优，在香港虽投笔报刊编辑数十年，但不出书谋生。他主笔《大华》《大人》《大成》刊物多年，刊文无算，但最终辑结为书的，不过《听雨楼杂笔》《听雨楼随笔》《听雨楼丛谈》《春风庐联话》《中国历史文物趣谈》《欧美文坛逸话》《乾隆慈禧陵墓被盗记》和"中兴名臣曾左胡李"系列以及译作《紫禁城的黄昏》《英使谒见乾隆纪实》等数种，远不能与著作浩如烟海的郑逸梅相比。他的这些书我倒是都有，皆得自新亚、精神、香山、青年等香港旧书店，都是入手轻便的小册子，最耐把玩。其中《英使谒见乾隆纪实》署秦仲龢，为高贞白持赠方宽烈之物。另收有钱仲联等《三百年来诗坛人物评点小传汇录》、商衍鎏《清代科举考试述录》（为陆丹林寄赠）、刘成禺《洪宪纪事诗三种》（为吴德铎寄赠），皆有高贞白题记旁批，还有郑德坤签赠高贞白《中国文化人类学》等。

二〇一二年，牛津大学出版社整理出版了高贞白作品十大厚册，总名《听雨楼随笔》，是他之前出版诸书及部分其他作

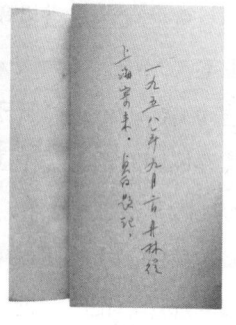

品的合辑。他在《大华》《大人》《大成》等杂志上撰文极富，所用笔名有高伯雨、温大雅、张猛龙、吕文凤、林熙、秦仲龢、高适、寿涛、老伧、定谋、曹直、紫文、洛生、碧江、湘舲、梦湘、湘山、西凤、大年、竹坂、文如等等，有些文章已无从稽考。他长期写日记，因有臧否人物之语，临终却将日记焚掉，实在是掌故界的重大损失。因此新版的《听雨楼随笔》仍只能收录他的部分作品。牛津大学版的装帧用纸虽然很显档次，但排版校对谬误不少，有些惨不忍睹，可见香港出版界已不复老辈的严谨。而且这套书开本阔大却行字皆疏，置之邺架十分臃肿，真不如老版的小册子爽净利落。

有关高贞白的生平和作品，近年来写介绍文字的人越来越多，掌故家自己也成了掌故，此处不再赘述。不过适才刚巧看到高的一篇小文《莫天一不买失书》，令我精神一振。文中写到诗人熊润桐买了一些莫伯骥五十万卷楼的藏书，后来竟收奇效——"数年后，熊润桐来香港，谈到他的书，他说朱光市长时时轻车简从到他的劝影斋谈艺，见到他的书大感兴趣，后来全部半买半送，归公家所有，还批准他移居香港"。这则掌故有如金针渡劫，大长我辈藏书人的志气。当然，要藏书家割爱，可绝不是一件容易的事。

秦瘦鸥签赠苗振宇《秋海棠》

新亚书店转型拍卖行后，我因赴港受限，只去捧场一次。当时遇着方宽烈老先生，谈得投机。我先行离开时，有位相貌清癯的先生走来递名片，一看是"万有书店徐共存"。在港淘书数年，竟不知这家书店，于是欣然随他一往。书店在中环的永吉街，虽是街名，实际上就是一条又窄又短的小巷，且挤满了货摊，不刻意寻找决计找不到。其实常去的集古斋、三联书店、上海印书馆就在左近，更可气的是，曾去过一家专卖书画金石类书籍的"大运公司"，就在他家对门。

徐老板的国语不错，但没料到他太太的国语竟更为标准，一问之下，才知他家有南下干部的家庭背景。后来才听黄志清先生说起，万有书店原是规模很大的文化公司，老板徐炳麟，是黄埔生出身，在薛岳手下打过长沙会战，军衔高至少将。他后来来香港开公司，一直做一门生意，即与美国等国家的很多图书馆签订"地毯式搜购合同"，承诺可提供任何书籍。"文革"时期，大量古籍被毁的同时，也有不少流出海外，他的特殊地位使他成为"古籍中间商"，将大量古籍卖至国外。曹聚仁在澳门去世后，部分藏书尚堆在香港故居的阳台上，也是被万有收去，卖与一位日籍美国汉学家，名字依稀记得叫"魏克文"。

但眼前的万有书店，只是一间不满三十平方米的小屋，书倒是堆得满满的，以民国书居多。和徐老板一聊，知道曾有内地客人来过，早把什么线装诗集、木版水印之类都席卷而去。他一边叹气一边说"现在都天价了"，太太便在缝纫机旁嘀咕"我一点也不喜欢那个人"。中国人去哪里，都如风卷残云一般，我自己也不能免俗，此刻只能和他相对唏嘘而已。

其实万有现有的存量还是相当可观的，如民国鸳鸯蝴蝶派的小说和杂志，我从未在别处见过如此规模。只是徐老板吃一堑长一智，见我喜欢，定价就赌气般的狂高，像是要把损失全部弥补回来。我对鸳派兴趣浓厚，但也接受不了如此天价。最后，一本民国鸳派小说也没买，但买了不少其他书，收获不可谓不丰。当时书单如下：

左舜生《近三十年见闻札记》（签赠唐继尧之子唐筱蓂）；

左舜生《近现代名人轶事》；

秦瘦鸥《秋海棠》（签赠苗振宇）；

孙养农《谈余叔岩》（孟小冬序）；

牟松庭《山东响马传》；

黄啬名《球国春秋》（李惠堂题签书名并序，徐少眉签赠）；

郭象升（我老家山西晋城乡贤）《文学研究法》；

李星可《我谈京戏》（新加坡南洋商报版）；

南宫生、张光宇《金瓶梅画传》；

周作人《知堂乙酉文编》(三育版);

周启明(周作人)《日本狂言选》;

潘范菴《范菴杂文》;

徐亮之《亮斋杂笔》;

喻血轮《绮情楼杂记》;

宋乔《秦淮述旧》;

张竞生(绰号"性学博士")《浮生漫谈》;

郑子瑜《郑子瑜诗文集》;

曹聚仁《到新文艺之路》;

张紉诗《张紉诗诗词文集》;

徐訏《怀璧集》;

萨孟武《水浒传与中国社会》;

何满子《论金圣叹评改水浒传》;

徐半梅(徐卓呆)《话剧创始期回忆录》;

罗尔纲《天地会文献录》;

易夔《清宫十三朝宫闱秘史》;

林天蔚《宋代香药贸易史稿》。

线装书有:

《王遵岩家居集》(金山高尚志堂影印明句吴书院本,"丁福保读书记"钤);

徐永宣《茶坪诗钞》;

叶楚伧《小石林居诗稿》;

阮退之《阮退之诗初集》;

江五民《艮园诗后集》（吴士鉴藏书）；

王廷玉《王宾客诗文稿》（签赠本）；

范天烈《颐园诗稿》；

陈菊衣等《变风集》（签赠本）；

饶宗颐《人间词话平议》；

郭沫若《石鼓文研究》；

刘阶平《蒲留仙遗著考略与志异遗稿》。

民国书有：

张君俊《中华民族之改造》；

范左青《鸟国春秋》；

平襟亚《秋斋杂忆》。

万有自版书两种：

裕瑞《婁香轩文稿》（潘重规藏）；

俞正燮《四养斋诗稿》。

其中秦瘦鸥的《秋海棠》，上海文化出版社一九五七年初版，扉页题"振宇我兄存念并政　瘦鸥　1957.5.10　在上海"。

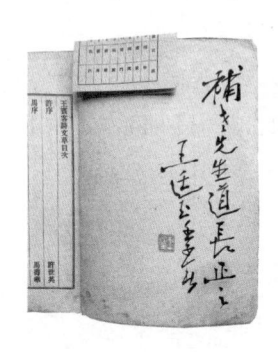

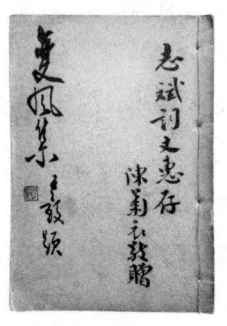

"振宇"是苗振宇，河北保定人，和哥哥苗振华都是上海资深电影人。哥哥是著名摄影师，作品有《乌鸦与麻雀》等名片；

他是著名录音师，作品有《南征北战》《阿诗玛》《子夜》《白蛇传》等。因《秋海棠》被搬上银幕，秦瘦鸥与电影圈极为熟稔，成为"孤岛时期"名刊《新影坛》的主要撰稿人之一。但他主要还是以鸳鸯蝴蝶派后期代表作家闻名于世，时人常将他的《秋海棠》与张恨水的《啼笑因缘》相比。拙作《民国以来旧派小说家点将录》点他为"地退星翻江蜃童猛"，赞词是"暮春之阳，犹有海棠；老尽鸳鸯，犹有秦郎"，褒扬他为鸳鸯蝴蝶派的殿军。

当然，后来还有金庸、古龙、梁羽生的武侠和琼瑶的言情，把这个曾一度被彻底否定的流派，再次发扬光大，只是已很少有人以"鸳鸯蝴蝶派"目之。不可否认的是，这一派的作品一直都远比新文学更流行更卖座，也一直是电影电视的宠儿。我那"点将录"，因不好安排"天杀星黑旋风李逵"，只好将之点给琼瑶女士，赞词曰"杀鸡焉用牛刀，杀人焉用板斧，惟情而已矣"，又云"古今第一情种与古今第一无情之人必咫尺之遥，本寨无大砍大杀之辈，而有此狂痴狂爱一人，杀伤力足以倍之"。那些年琼瑶女士在电影电视界的独特地位，过来人都知道的。

其实，即便在新文学跟随革命取得全面胜利的前夕，鸳鸯蝴蝶派都是更流行的文学，流行的背后则是人性的关怀，因此也更易脍炙人口，更易登上舞台和银幕。《秋海棠》就是这样一部小说，依通常对鸳鸯蝴蝶派"哀情""言情""侦探""武侠""滑稽""社会""黑幕""演义"等的分类，可归入"哀情小说"。可它的血和泪，真实可信，催人泪下、发人痛省。这

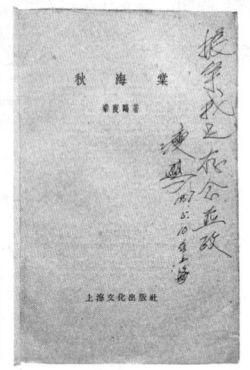

所谓的"哀情",也并非弱不禁风的那种。

对我来说,这张书单上最为我珍视的是《秋海棠》。虽只是常见版本,签赠下款亦非名流,但《秋海棠》给我留有深刻的童年印记。前几年央视重拍了《秋海棠》电视剧,将原作改得面目全非,秋海棠、罗湘绮的扮演者为辛柏青、黄奕,令我想起一九八五年刘伟明、龚雪那一版,不啻有人间天上之感。当年我家没有电视机,我一个几岁的小孩子,是鼓足勇气在四邻家里左蹭右蹭,把全部十二集基本看完的,只记得自己感动得热泪盈眶。还道当时是小孩子没有定力,在万有买到此书后,才通读一遍,读到湘绮、梅宝母女相认时,情感仍是难以自持。很少有电视剧能超越小说原著,但这部小说和那部电视剧,一起都是我心中的经典了。

被感动的何止我一人!《秋海棠》最初在周瘦鹃主编的《申报》副刊《春秋》连载,轰动上海滩,不久就被演为话剧、越剧、沪剧、评弹、电影，风光一时无两。周瘦鹃带着女儿阿英去看话剧，看到石挥主演的秋海棠跳楼自杀，父女抱头痛哭。阿英定要父亲为之写续集，将秋海棠写活，周瘦鹃就真的写了《新秋海棠》，从"九死一生"写到"皆大欢喜"，共写了十二章，但这个续集完全没有火起来。这倒令我想起鸳鸯蝴蝶派早期头号作家徐枕亚的名作《玉梨魂》——被末代状元刘春霖的女儿刘沅颖读到，为之神魂颠倒，竟然托人做媒，给徐枕亚当了继室。但婚后她发现徐枕亚嗜酒好鸦片，沉湎不可自拔，大失所望，后来郁郁而终。看来鸳鸯蝴蝶派真是有哀感顽艳的功力。

周家父女看到的秋海棠跳楼自杀，是民国版的结局。解放后，秦瘦鸥作了修改，结局改为秋海棠本已病入膏肓，因与罗湘绮重逢，心情激荡之下，冲上戏台撞在戏桌上，在妻女的怀抱中凄然而死。八五版电视剧，则改编为秋海棠在看到罗湘绮和梅宝相认后，为不拖累妻女，投黄浦江自杀。至于新拍的央视版，则将剧情改了个底朝天，不仅秋海棠和罗湘绮都没死，就连军阀袁宝藩都刻画为人性复杂的多面人，就像张纪中版《水浒传》非要把潘金莲改编为一个受害者一样，是时下影视圈某种强迫症使然。回首三十多年前，那时候的电视剧、演员、配乐、道具（如绣着秋海棠的手帕）等等，实在是很纯粹的。

《秋海棠》仅以书名就可为鸳鸯蝴蝶派正名，"秋海棠"是京剧名旦吴玉琴的艺名，他取这艺名却是出于强烈的爱国心理，因中华民国的地图像海棠叶，因遭列强蚕食，故云"秋海棠"。他虽也混迹于军阀权贵之门，但总体而言是有操守、有担当、有追求的好男儿。他被毁容后,历尽苦难,独自抚养梅宝成人,展现出他坚韧不屈的强大人格。他和罗湘绮的相爱,可以一言概之,即"都没见过对方这么好的人"。虽然他是戏子,她是军阀的姨太太,二人均非一流人物,但在对方眼中都是完人,一见钟情之后,稍加了解就许了终身,之后便是一生的信守不移。他们二人的表现,符合周有光所云"(民国)国家有民气,民众有文化"的特点。而这部小说的立意,也符合包天笑对旧派小说的判词"提倡新政制,保守旧道德"。其实在这一点上,文学本不该有新旧之分。

小说的原型,则是军阀褚玉璞因姨太太看戏时喜欢上名伶刘汉臣,引起褚的妒忌,杀死姨太太后,又将刘汉臣逮捕枪毙。时议都指责军阀草菅人命,秦瘦鸥据此用数年时间写出了《秋海棠》,情节当然远为胜之。我前段时间在保利剧院看了陈佩斯的话剧《戏台》,也是京剧名伶和军阀姨太太的故事,只怕此题材早已泛滥,而溯其源头正是褚玉璞。褚玉璞后来被其他军阀击败活埋,可见滥杀者不得善终。

或许有人会质疑,姨太太背叛家庭,与戏子在外同居生女,哪里值得同情呢?小说中交代得很明白,罗湘绮这个姨太太本是师范学校的优等生,因做毕业发言代表,被袁宝藩相中并使手段骗来的,年貌雅俗之别,令她如入坟墓。因此她一见秋海棠,就有拨云见日之感。虽然秋海棠只是个戏子,她也从不爱看戏,但她在坟墓中见到这样一束亮光,当然会拼尽全力去争取。她唯一"考察"秋海棠的,便是他的读书行文如何,恰好秋海棠成名后十分好学，文笔练得颇为雅致流畅，如此她便再无犹疑。他们无福消受婚姻，而且历经磨难，爱情却恒久如初，至死未休。或许真正的爱情，本就该是"两情若是久长时，又岂在朝朝暮暮"。

龚雪出演《秋海棠》时已经三十二岁，翌年即赴美结婚定居，从此绝迹艺坛，与山口百惠差相仿佛。如果没有耐心看小说，不妨上网找一下八五版电视剧《秋海棠》，看看龚雪版的罗湘绮吧，她会告诉你完美的答案。

赵少昂签赠叶次周《蝉嫣集》

新亚图书中心第二十四届旧书拍卖会出现一批珍品碑拓，传为香港周姓藏家所出。因我与新亚书店有交情，有海外朋友托我代为关注，终以较为满意的价格拍得若干种，不辱使命。我附于骥尾，自己也投拍数种，仅中其一，为清江苏句容人王秉悌旧藏清拓《汉戚伯著碑》。虽非名碑，但后附王秉悌跋文一篇，弥足珍视。文云：

《金石录》云：戚伯著碑首尾漫灭，以文词字画验之，疑东汉中叶以前人，盖当时石刻见于今者多类此。《隶释》云：世祖建武三年、章帝章和元年、戚宗建和元年、献帝建安十二年，皆丁亥也。碑有太岁丁亥字，当时建武或章和年所刻者。《集古录》作周伯著碑，盖不辨题额戚字耳。按此碑因宋开汴渠，于泥沙中掘得之，旧在宿州，今石久佚，原拓本世所罕观也。此本字体瓌伟古茂，卓然可观，庐山真面当不远矣。

新亚拍卖一向以港台老版文史书为最大亮色，兼及书画类，这数年内，尤以修订前的金庸旧版武侠、著名编辑黄俊东与知名文人的往来信件为吸睛之品。我的旧版金庸多得自此。最初，如一套邝拾记版《倚天屠龙记》这样的长篇，不过数千港币而已，如今已要数万了，而且日渐稀少。本次拍卖，一套齐全的就只有《素心剑》（即《连城诀》）和《侠客行》两套，《鸳鸯刀》本即单册，其他如《射雕英雄传》《倚天屠龙记》等都是零本，可见随着金庸先生谢世，他二十世纪五六十年代的旧版已成吉光片羽了。

此次拍卖除碑拓外，文史书并无太多亮点，倒是签赠本颇多，我不禁见猎心喜，相中以下几种：马衡《石鼓为秦刻石考》、吴湖帆《联珠集》、赵少昂《蝉嫣集》、陈树人《自然美讴歌集》，以及只可远观不可亵玩的蒋经国签赠本《永怀领袖》。其中尤瞩目马衡，由于新亚拍卖的图录极为简略，于是专请新亚的苏老板发了签赠页的照片过来，一看下款"志辅"，知是周明泰的表字，即北洋政府财政总长周学熙的长子，曾任北洋政府总统府秘书，戏曲史专家，晚年曾居香港，最后病逝于美国。此书我出价五千，后被苏先生告知以七千六成交，

遂无缘矣。最终所得仅有赵少昂《蝉嫣集》，民国二十五年（一九三六）自印，八开，薄薄一册，装帧极简，为"岭南艺苑"之一种。赵少昂改建自家房屋为"岭南艺苑"，因乏于资财，装修颇简，此书正可作窥豹之管。不过书虽朴实，却有黄宾虹题书名，汪精卫题诗作序。

汪精卫这首诗云："噤若寒蝉处世精，人间谁作不平鸣。喜君落笔如风雨，写出翁翁变徵声。"后有小序云："赵少昂先生为高奇峰先生之高弟子，传其师之学，尤喜画蝉，独出机杼，汇其所作为《蝉嫣集》，属题一绝句。二十三年十一月汪兆铭。"此时，日本威胁已如黑云压城，汪精卫的外交观已由"鸣钲求救"转为"默守待援"，作为消极求和的代表，翌年他将遭遇刺客孙凤鸣的子弹。

另一题诗者为经亨颐，别号颐渊，洋务派经元善之子，廖承志的翁岳。他是民国著名教育家，也是书画家。他这首诗云："每从高处得其声，知道人间爱朗晴。南北渡时声亦渡，秋风无碍一身轻。"落款处题："少昂先生作《蝉嫣集》属题　二十三年十月颐渊同客金陵。"说明此书策划出版时，赵少昂在南京，当时汪精卫在南京任行政院院长。赵少昂的老师高奇峰与哥哥高剑父、陈树人并称"岭南三杰"，也因在日本留学时裹从革命，与汪精卫有深交，高奇峰出版的画册，书名多由汪氏题签，只恨后来做了汉奸，字却剜不去了。

赵少昂被徐悲鸿许为"中国第一人"，主要就其花鸟虫鱼而言。而他尤好画蝉，此书收画蝉作品十六幅。蝉虽餐风饮露，一向被文人目为高洁之虫，但毕竟形容酷肖大蝇，他竟用一"嫣"字，可谓痴人。他为人也似蝉一般恬淡自持，常用一印曰"此生只愿作闲人"。但他的丹青事业极为成功，设帐收徒逾百数，又周游世界开办画展，画作被世界各地美术馆、博物馆明价购藏。故他又常得意妄言，另有印名"少昂自以为可""足迹英法意瑞德日印菲诸国"等。他于一九九八年病逝于香港，是当代中国最重要的画家之一。

此书题"次周先生教"。"次周"为叶佩瑜，叶衍兰之子。衍兰为清末广东最著名的诗词大家之一，早年为官，后辞官回乡，主讲于自己小时候读书的越华书院，学生有潘飞声、冒鹤亭等。我在黄志清先生处购得《粤东三家词钞》，为光绪乙未刊沈世良《楞华室词》、汪瑔《随山馆词》、叶衍兰《秋梦盦词》之合订，刻工绝佳，颇肖董康。而叶衍兰还有一位金石书画文史大家的孙子叶恭绰，我一直将其与章士钊相提并论，因二人同为悠游于各派之间的座上宾，是清客中之上乘者。只是叶没有章的运气，在"文革"中章受到特殊保护，获特批远赴香港，后病逝；叶却没能躲过此劫。

叶次周二十世纪五十年代去世，能诗，诗集名《蘖飔盦诗钞》，存诗三百零四首。我没有此书，但手头可见方宽烈编《香港诗词纪事分类选集》录其诗七首，其中多写日占时期之窘迫景况。不过，以他家的门第足以富几代，叶次周又在广州浮沉宦海数十年，辞官后虽以中学老师为业，但门庭昌顺，收藏甚丰，玉石之外，古籍亦多。我见新亚这一期的拍卖图录上，另有何漆园签赠"次周"的《岁寒集》，以及高奇峰民国版画册多种，不妨揣测，那些碑拓也是出自他家。所谓"周姓藏家"，或为"玃似母猴"之误，只怕正是叶次周的子女辈。

简又文签赠全汉昇《太平天国与中国文化》

香港古旧书市场曾兴盛数十年,但进入新世纪后,孑遗不多。以库存量论,首推欧阳文利先生的神州书店,他紧跟时代步伐,转型在孔夫子网上开店,为节省成本,从中环摆花街搬到偏僻的柴湾工业厂房,去一趟很不容易。若以文史学术类而论,执牛耳者,则当推新亚书店。一九六三年,钱穆先生主持的新亚书院与崇基学院、联合书院合并成立香港中文大学。五年后,毕业于中文大学的苏赓哲创办了新亚书店。我第一次去时,尚在旺角洗衣街一座旧楼的三楼,室小书多乱似山,但当时尚有不少新亚研究院的出版物,如牟润孙的《注史斋丛稿》,成摞堆在地上,每本才卖五块钱,可见定价之公道。后来搬到西洋菜南街一座较新的写字楼——好望角大厦16F,条件好多了,但书店的重心转为古旧书拍卖,好书都进入拍卖市场,反不及当时逼仄环境中有淘书之乐了。

苏先生自己也是作家,出了好几本文集,尤有《郁达夫研究》一书,是重要的学术专著。文人开店,应者云集,生意兴隆,后来到台北开"明心书店",一九九七后又在多伦多开"怀乡书房",也曾到内地做图书生意,但新亚书店始终在旺角屹立不倒。很多书界同行都说,新亚之所以坚持下来,全因为"人家有个好妈"。我去新亚每次都见到苏先生的母亲曾老太太,十余年如一日,如今已九十多岁了,风采一如初见。除有点耳背之外,身体颇佳,看似要年轻二三十岁,举手投足,把旧书店应有的风度演绎到了极致。老太太阅世既深,雍容达观,说话风趣。有一回恰有一位女学生和我前脚后脚进门,老太太大概以为是我的同伴,偷偷连声说"真是漂亮",我也借机打趣"师妹,师妹而已",她老人家居然笑意悠然地说"师妹才好呢"。有这样好的心态,不高寿才怪。他们一家子是福建人,早年来港,苏先生是她独子,她经常郑重对我说"只生一个孩子还是不够",我只微笑不语。

我十几年在新亚买书共六百多种,多为老版文史书,基本没有线装古籍。书店兼营拍卖后,才有些古籍出现,但香港的古籍品相大多不佳,远不能与日本的相比。倒是拍卖之后,可找苏先生买一些漏网之鱼,有些竟颇合胃口。有时,苏先生会主动从内室拿出一些藏品供我挑选,比如民国新文学家的手稿,有朱光潜、黄药眠、钟敬文等二十余人的,有的还附有当时手稿发表的剪报,可推测是民国老编辑的旧藏。朱光潜

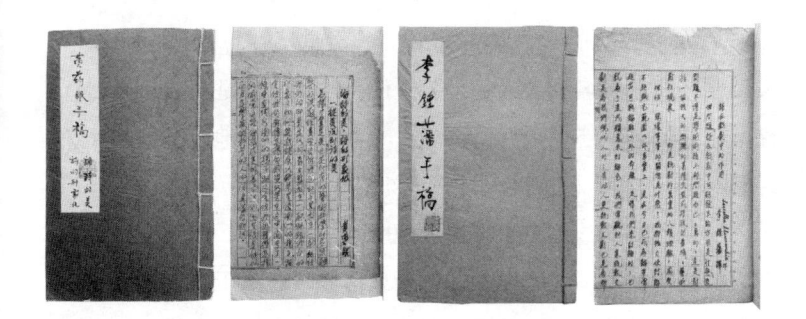

那篇《文体论》，却是文言文，朱的全集没有收录，十分珍贵。另有"李钟藩"的手稿，被裱作一册，但我一直查不到此人是谁。

有一次，苏先生带我到书店附近的一间居室，卖给我一大摞老版文史书，其中以曹聚仁著作居多，也有左舜生、易君左等人的著作，都是二十世纪五六十年代的香港畅销书。中有一册小书，是简又文赠全汉昇《太平天国与中国文化》，南天书业公司一九六八年初版。简又文在香港老一代文人中地位极高，全汉昇曾任新亚书院院长，故是名家相赠之品。此书隶"猛进书屋丛书"，因简又文曾收藏隋朝"刘猛进碑"原石，无法携至香港，相见不如怀念，故将书斋取名"猛进书屋"。其实他"又文"的名字来头更奇，据汪希文《闲话旧太子派》所载，简氏的夫人腋下有香气，他极爱闻之，夫人常说"又闻吗"，他便以谐音为名，原名反而不彰了。

他还有一个笔名叫"大华烈士"，民国时以此名在名刊《论语》和《宇宙风》写"西北东南风"专栏。关于这两个刊物的主编，后人多知林语堂，其实简又文的贡献不在林之下。后来他又和林一起创办名刊《人间世》，他是社长，林是主编，编辑有徐訏等，但名气还是被林占去了。一九三六年，他自己创办《逸经》，连出了三十五期，网罗了刘成禺、冯自由、梁寒操等写手，他从政时的故主冯玉祥也给他撰稿。抗战时，他又和林语堂在香港会合，办了《大风》，作者囊括当时避难于香港的很多文化名人，如叶恭绰、陈独秀、郁达夫、柳亚子、老舍等，也包括本港的一流文人如高贞白、饶宗颐、冼玉清、郑子瑜等。这个刊物和后来的《大华》《大人》《大成》多少有些传承关系，可说是香港的文脉所系。此外，他还有一大功德，他与饶宗颐等避倭难于广西蒙山时，收了一个学生陈文统。抗战后他推荐文统入学岭南大学，后又援引其来香港当记者。有一次，白鹤拳陈克夫与太极吴公仪在澳门擂台比武，被文统看到，遂开专栏连载小说《龙虎斗京华》，笔名"梁羽生"，是为新派武侠小说之始。

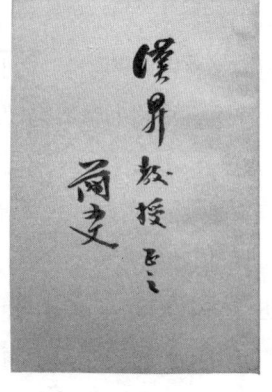

但简又文赖以扬名立万的,是对太平天国的研究,一生著述,一大半为太平天国专著。学界对太平天国的评价,大致可分为四派。一是站在传统道统的立场,指所谓太平天国为长毛贼、流寇,与黄巢、李闯同类。二是站在孙中山民族主义的立场,认为太平天国是驱除鞑虏的英雄,代表即简又文。三是从马克思主义史学观出发,认为太平天国是一场伟大的农民革命运动,代表如罗尔纲。但其实马克思本人都认为太平天国"只有破坏而没有任何建设,很显然就是魔鬼的化身,只有中国才会出现这类魔鬼,他们是停滞的社会生活的产物"。四是站在普遍人性和人道主义的立场,认为太平天国是一个靠低级的谎言迷信欺骗民众的特权暴力集团,高层极端腐化堕落,民众完全沦为政治工具,杀戮中国人逾千万计,且对中国文化横加摧残,是一场滔天浩劫,代表如郭廷以和潘旭澜。

多年前,在孔夫子网拍得同治三年(一八六四)卧云书屋刻本《享帚集》。著者杨豫成是我老家山西陵川乡贤,道光辛巳举人,历仕道光、咸丰、同治三朝,一直在江西做官。太平军从湖北打入江西,连克州县,打到赣州时,遭遇知府杨豫成的顽强抵抗。石达开围城月余,总攻两次,皆告失败,反被清军袭破营垒,大败而去。要知当年石达开席卷江西,赣州竟以孤城得全,杨豫成足以名垂不朽。至今赣州大余县章江之滨的牡丹亭公园,尚有杨豫成所题"铁汉"之碑,正是他功业的写照。

杨豫成在江西任内逝世,遗集由族人在江西刊刻,灵柩返乡安葬。"文革"间,"造反派"掘开他的坟墓,内有一部《享帚集》。由于县内早已没有此书，政协文史工作人员王云鹏闻讯，提出交公供研究之用，被"造反派"拒绝，后此书不知所终。王先生垂老之年，我去拜访，他谈及此事，仍愤愤不平。我在孔网邂逅此书，纯属一瞥之缘，实乃天意。此书开卷题"行巅杨豫成"，而非"陵川杨豫成"，是说陵川县地处太行之巅——唯我县父老以此自况。诗部有"陵川竹枝词"，写我县清朝民俗风情，与今时对照，足征时代变迁之速。

简又文先生横跨政学两界，曾追随冯玉祥、孙科，思想完全是服膺孙中山的，这本薄薄的《太平天国与中国文化》，一则完全站在驱除鞑虏的民族主义甚至种族主义立场，大讲华夷之辨；二则鼓吹太平天国是真革命，认为其很多举措为亘古所无，如切实提高妇女地位等，此为民权思想的体现；三则指斥维护清朝的士大夫为"伪儒"，认为曾国藩等维护的实际上是传统的糟粕，这样就把辛亥革命"反清"与"继承道统"的矛盾，借太平天国问题作了澄清说明。不过，有关太平天国的负面史料太多。太平天国之乱使得东南民力消耗殆尽，令中国进一步滑向深渊，作为中国经济史权威的全汉昇先生，当然洞若观火。或许正因如此，全教授对此书只是一笑置之，虽为老友持赠，毕竟不甚珍惜，竟任之流入二手书市而不问了。

王云五签赠本《我所认识的王云五先生》

光和书房寄来一批签名本,都是港台旧版平装书,最早为一九五三年台湾重版的《胡适文存》,最晚为一九八一年出版的吴万谷、彭国栋的诗文别集。除陈天锡《戴季陶先生编年传记》是签赠给"淇清先生"外,其他三十六种,全部是签赠给日本学者木下彪(号周南)的。

那个时代的港台文人,与大陆已颇隔阂,对当代大陆人来说,那些名字更是陌生。名扬天下者,只有胡适、王云五、徐复观、胡兰成四人。胡适签赠本有五种之多,概以钢笔,上款皆题"木下周南教授"。我那民国版《胡适文存》,是胡适签赠日本公使芳泽谦吉的,也得自光和书房,取来比照,灿然生辉。王云五签赠本,我另有台湾商务印书馆《我所认识的王云五先生》,是众人赞颂他的文章合集,用张之洞的自嘲,堪称"米汤大全",他却大大方方地签赠给平冈武夫教授。此批书中的《我怎样认识国父孙先生》,也是众人的回忆文章合集,收了他两篇而已。算来王云五虽长年掌舵商务印书馆,总编了"万有文库""人人文库"等巨型丛书,自己著作却不丰,常见者不过

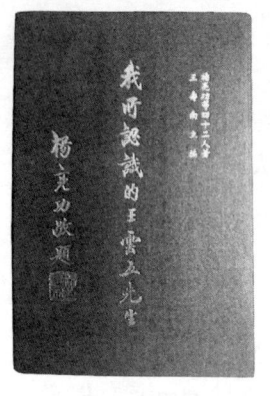

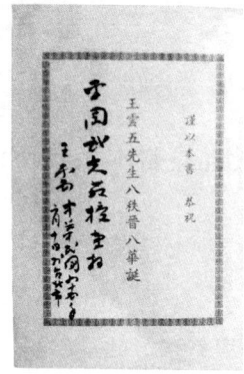

《岫庐纪事诗存》《岫庐八十自述》《岫庐语汇》数种。徐复观教授著作等身，九州出版社在成功引进出版竖版繁体的《钱穆先生全集》之后，趁热打铁出版了《徐复观全集》。他和黄仁宇一样，都出身国军军官，退而治学，成为大家。他更与唐君毅、牟宗三并为熊十力先生三大高足，三人在海外名声大噪，开启了新儒家的新局面。此次所得徐复观签赠"周南先生"的《中国思想史论集》，正是其平生治学之长。我原有他签赠大阪大学木村英一教授之书，却是《石涛之一研究》这样的画家疑年专著，可见其治学不囿于一管。曾克耑此书并非签赠于扉页，而是另附别笺，下款印刷，上款以钢笔另题。以上题签均可与我自己所藏对照，确然无疑。唯梁寒操书法走的是岭南书画家的怪异路线，此册却为工整小楷，下款题"著者敬赠"，并附钤章，疑为秘书代写。此外诸人，都是当时台湾的名流，如陈固亭是日本研究专家，在木下彪与胡适等人的交往中，经常充当信使。

此批签赠本之丰，令我想起台北的百诚堂书店，老板林汉章先生出神入化，非熟人访至，概不开门。店中实已被淘洗一空，只剩大量日文书，多是日占时期的旧物。二〇一〇年，我尚在此间买到全套的"阎伯川先生遗稿"，并携走不少线装诗集，包括贾景德一九四一年刊于大陆的《韬园诗钞》，算是最后的"扫荡"。但该书店尚有二楼，林先生从不允我登阶一步。听说楼上尚有四千多册签名本，他一生未婚，这些书有如梅妻鹤子，供他养老之娱。

所可讶异者是《不匮室诗钞》。此书乃胡汉民的别集，不知何故由胡兰成签赠木下彪。胡汉民是国民党元老，在党内地位与汪精卫相当，一度与蒋介石争雄。五十七岁时和人下围棋，一步想不出，脑出血而死。他的书法诗文俱佳，后人皆知汪精卫诗佳，其实力荏辞滞，远不如胡汉民诗腾转流畅，语典天然。如《归途》："缓缓花开陌上春，卅年人未老风尘。江山信美非吾土，书剑相从有故人。果到炎方犹是雪，偶拈诗笔已如神；寻常不解乘槎意，为报穷搜海外珍。"《不匮室诗钞》有四个版本：一九三一年登云阁线装铅印本；一九三二年精写刻本；一九三二年补一卷铅印本；一九三六年国葬典礼委员会石印本，由冯康侯手书上版。此书即一九三六年石印本的影印本，展卷之下，历史的厚重苍茫之感扑面而来，尤其七律多引史典，且对仗浑融无间，民国军政界能诗者，唯黄兴可与相比。

木下彪是日本汉诗名家，著有《明治诗话》等专著。曾任《盛京时报》记者，与郑孝胥、胡适熟稔。一九六九年十一月，日本建成徐福庙，邀请台湾方面参加典礼。台湾派何应钦率团莅日，与日方座谈时，木下彪也在座。日方与会者即席赋诗，台湾方面多为军政人物，皆不能诗，嘿然无以应，十分尴尬。日方遂有"中国人竟不能作诗"的疑问，幸而团中还有个南怀瑾，诗虽平平，应付日人尚可裕如，才缓解一二。试看木下彪和南怀瑾此次游日本伊势神宫的唱和诗，木下彪诗"缅邈谁知肇国时，迂儒考古漫多辞。天潢不改三千载，我仿周人赋颂诗"，南怀瑾诗"立国同根各有时，浪传史迹费疑辞。乔松夹道黄花丽，为拜神宫又献诗"，皆为中规中矩之作。

但当时在场的另有一人，即胡兰成。他是有名的才子，因落水当了汉奸，在大陆和台湾都不受待见，只好躲在日本。他向往台湾却不被允许入境，但台湾方面的访问团来了，他一概积极参与。他也能诗，如他祝贺川端康成得诺贝尔奖："阮咸亮烈吴纻洁，任侠怀人是文魄。姓名岂意题三山，身世但为求半偈。"再如他想到毛泽东碣石观海，也写诗道："浪打千年心事违，还向早春惜春衣。我与始皇同望海，海中仙人笑是非。"诗力实在太薄，加之他的身份尴尬，既不能代表中国，也不能代表日本，在这一场合，估计只好识趣地保持沉默。

胡兰成前些年在大陆重新被人提及，一大半倒不是因为他的文章，而是因了他张爱玲丈夫的身份以及情场野史。他一九四九年前以政论居长，如《战难，和亦不易》，书名即耸人听闻，怪不得一度做汪精卫的文胆。但他一生著述，菁华都在居日时期，最重要的是《山河岁月》和《今生今世》，都是在日本出版的中文书。我在光和书房买到《山河岁月》，一九六四年清水市西贝印刷所出版。当时问是否有《今生今世》，吴忠铭兄说有，不过是胡的签赠本，却不知放在哪里了。可我却有台湾远行出版社一九七六年初版的《今生今世》，扉页赫然用圆珠笔题写了"赠琼瑶"，落款是"秀美"，时间是一九八二年九月二十八日。这可真是惊世之物了。《今生今世》是胡兰成的情史，其中一位范秀美，就是被"大度"的张爱玲用金镯子帮忙打胎的那位。此女后来消失得无影无踪，网络上搜不到关于她晚年的任何消息。此书我买于台湾九份老街尽头的乐伯书店，当时看那几笔题签实在太拙，捡漏心态，又不好问店主。不过按胡兰成的话说，范秀美不过是个"助夫的樊梨花"，应没多高文化水平，这几笔字，倒也贴切。当年我拍了照片，辗转托人请教于研究张爱玲的专家陈子善，只得到三字回答"不可能"，也只好罢了。不过范秀美的下落，是否到了台湾，终是无人关心了。

胡兰成文字如蛇，曲曲拐拐，怪模怪样，亦有人追捧，我偏看不下去；观点也是说东说西，随心所欲，多为妄言妄为而已，比如坚称核武器世界大战即将爆发。偏他极为自负，关于写作，他说："我的写作都是超过我自己的能力的。最显然的是我的日文著作，……说我的日文造语与声调是直从日语日文的原点而来，是与日本人祖先的同一创造。而我写毕之后，顿时连最普通简单的日语日文亦都不会了，如李广夜行射虎，翌朝往视之石也，其箭入石没镞，试再射之，则不能入矣。"关于读书，他说："我的读书不用字典辞典，不靠解释，如婴孩的学语，乃是无师而通。"关于思想,他说:"我的思想亦如海水溟蒙,写作时如船犁开了一条航路,船过后即又归于浑沌无迹,有时重读自己的书,竟也惊叹,倒像是他人所作的,不以为我曾为世立言,所以烦忧时并非可以把来安慰自己。"关于人生际遇,他说:"而我在于世间也受打击受的多了。孔子是道大,故天下莫能容。我则到处会生问题,我不绝人人绝我,几次的被打击都是到了危及我的生存线。他们是无知,所以变成了情绪上的忌嫉。忌是因为若承认了我的见识,就会没有了他们的立场了。嫉是他们已不能修而又恨人之修。"窥一斑而知全豹,不待多言矣。

不过胡兰成有一个重大特点,即心心念念以中国文化为宗,全无媚西媚日之病。这一点,倒与内藤湖南相似。他说:"然则,世界上没有足以对应大自然,可以统一一切,而又能够以其独特的个性发展下去的一种学问?答案是有。那种学问便是中国的《易经》和'礼乐'之学。"《易经》确可能是王官失守前的官方学问,为百家之源,因此他的感觉不失敏锐的一面。他对中国如此"护短",自然也不能认同木下彪等人所谓"中国人不会作诗"的感慨。一九七五年,台湾华冈出版部影印出版了胡汉民的《不匮室诗钞》,此时胡兰成正在华冈文化学院任教,八月份,他将此书寄给木下彪,其意莫非是:让你看看我们中国的政治家可以把诗写到这个水平。

饶宗颐签赠陈溢晃《九龙与宋季史料》

香港的二手书店，短短十余年内，不啻有海桑之谓。当年从内地流出的线装古籍，以及多如牛毛的民国旧书，曾充斥港岛与九龙的数十家逼仄小店。自从新世纪内地孔夫子旧书网开张，加之新亚书店转行二手书拍卖以来，一者鲸吞，一者虹吸，将港岛二手书界打得落花流水。如今香港二手书店不过十余家，老一代的孑遗，港岛尚有神州、精神、青年、森记、上海印书馆，九龙尚有新亚、学津、梅馨、香山学社，其余皆为近些年新开，殊不足道。即便那些孑遗的老店，有点存书亦如嚼透了的槟榔，有的定价直追孔夫子拍卖，最要命的是"人事成古今"，老传统没有传承下来，旧书店失去了该有的格调和氛围，老派书香绝矣。近来反复展读方宽烈先生的《香港文坛往事》，追古抚今，这种感觉越发强烈了。

姜白石"旧时月色，算几番照我，梅边吹笛"，真是妙绝，董桥便将首句撷来作了书名。如今香港旧书界的"旧时月色"，厥唯旺角的香山学社。书店坐落在繁华如织的亚皆老街，旺铺三楼是自有物业，骄矜得很，连招牌都懒得打，只是用写秃了的毛笔，在一张海报的背面涂鸦"香山学社"四字，随意贴在门洞侧面壁上，若非访书的熟客，是断然不会发觉的。

香山学社的老板陈溢晃，在旺角开二手书店已逾四十年，原在附近的上海街，名"正心书局"，以民国以来新文学书为主要特色。当时号称香港最大的何老大旧书摊，就与其比邻而居。上海街那边也是陈先生自家的物业，后来书店转到亚皆老街，改名香山学社。上海街这所房子收拾得很干净，但有一些民国版旧书没有搬走，就堆放在天台的一个小阁楼内。他盛情邀我去看时，已是银鱼如雪，怵目惊心。可我当时书瘾极深，竟赤手袒臂，一册一册挑拣一遍。如周作人、徐志摩、林语堂等人的民国新文学版本皆在其中，且不乏初版。但极力清理之下，仍告"不治"，尤其是书脊几乎全部被银鱼啃光，封底封面和书口更有不少黑色蠹斑，书中亦多虫沙。我前后去了三次，大夏天拼得汗泥俱下，才将阁楼中的书看完。这些书以五块钱一本卖我，价虽慷慨，但换得别人，面对如此品相，恐怕还是不愿如此挑战心理极限。

十余年来在香山学社购书颇丰，除阁楼所得外，还有数百种，其中不乏国庆十周年献礼巨型画册《中国》、沈从文锦绣豪华签名、编号本《中国古代服饰研究》、香港艺术馆一九七八年版《中国竹刻艺术》等，以及《大人》《大成》《波文》《万象》等老文史刊物百余册。有一段时间我对司徒雷登感兴趣，结果恰在香山找到一九六三年版的《燕大校友通讯（纪念司徒雷登特刊）》，全系燕京大学师友的回忆文章，是珍贵的一手资料；同日，又在旁边的学津书店购得美国傅泾波校订印行的版本《司徒雷登日记》，书缘实在妙不可言。

  陈先生秉持老派书香，卖书要看学问、看交情、看心情、看缘分。但陈先生自己也是读书人，常有惜售之时，故对我辛苦找到的民国毛边本，皆一笑放归内室，我倒成了他的找书员。他柜中有一套民国鲁迅全集出版社的《鲁迅全集》，精装，大红漆面，品相很好，求购多次不得。近期去时问起，陈夫人表示，此书在台湾某网站上标价十几万新台币，陈先生则不断摇手道"书不是这样卖的"，我表示买不起。他送我下楼走了一程，一路叹息"妻子岂应关大计"之类的话。他兼营着一家"正刚旅行社"，主打文化旅游，有一帮铁杆社员，把周末节假日利用满了，满中国寻找文化之根。他自己也频繁出书，多是关于文化旅游的，因此他对涉及地方民俗文化的书籍非常重视，一律不卖。此外便是名家签赠本不卖，这么多年来我只买到一本高伯雨题记"一九五八年九月二日　丹林从上海寄来。贞白题记"的三联版商衍鎏《清代科举考试述录》，应是他眼花漏过。

  那日在他内室看到一册饶宗颐签赠给他的《九龙与宋季史料》，上款"溢晃仁仲指正"，下款"选堂"。又是名家签赠，又是本地史料，故他极为珍视，少见地盖上了私章。饶宗颐成名于民国时期，于二〇一八年二月仙逝，他是真正的著作等身，出的书一本算一本摞起来，远远高于身高。二〇一七年五月，在深圳中心书城参观了"选堂文翰——饶宗颐教授学术艺术著作展"，但即便此展仍不能囊括饶公出版著作的全貌。饶公著作，可对照紫禁城出版社《陶铸古今：饶宗颐著述录》的书影目录，我除书画仅有数种外，其余大半有藏，其中《长洲集》为饶公自用本、《词籍考》为签赠平冈武夫、《白山集》为签赠薮田清，所缺者主要是潮州方志类。薮内清是京都大学著名教授，却被饶公题作"薮田清"，实在有些尴尬。

聚书过程中，常听人非议饶宗颐。一说饶年轻时初来香港，有潮州前辈回乡，托他照看藏书，后皆被饶贪墨，此段公案网上可查。一说后饶访学法国，借阅友人所藏甲骨，抢先发表论文，友人极为恚忿。甲骨学最重要的是资料占有，专业门槛其实不高，发友人所未发，学界视为剽窃。我常与香港大学一位老先生闲聊，他家就住饶家对窗，每谈及饶，必摇头不止。不过，饶先生学术、诗词、书画俱佳，不仅是大师，而且是一代雅人，如今既已仙逝，前辈们的红尘旧事，就不必太理会了。那台"选堂文翰"展览，也摆了《国之瑰宝饶宗颐先生不容诋毁》《真的假不了：饶宗颐先生的生平、志节和学术举隅——兼为饶宗颐先生辩

诬》等书以正视听。前不久，金庸先生也驾鹤西去，香港的大师，只剩张五常教授一人了。

所遗憾者，是不能与这些大师相遇于校园、讲座和旧书店，甚至比肩促膝而谈。退而求其次，二手书店有因缘流转之功，签名本便是"使我衣袖三年香"的玫瑰，倘能在二手书店邂逅前辈们的手泽，就像作了一个面对面的请教访谈一般。可惜香港的旧派书香已仅存一线，在我心里，香山学社便是一座弥足珍贵的精神家园。

杨钟羲签赠平冈武夫《日知荟说讲义》

数年前，得黄志清先生亲书推荐函，得识京都前辈藏家，得书无算，其中尤以平冈武夫旧藏为夥。平冈教授亲笔批校之书，另日再叙，今仅以其所得签赠本，聊作小文记之。

当年旅居京都的中国学人，首推罗振玉、王国维，其次是董康，杨钟羲亦曾作短暂的京都之游。一九三三年，杨钟羲应"恨不能生在中国"的狩野直喜之邀，先到京都，然后再经名古屋到东京，既访人，更访书，参观了静嘉堂、宫内省图书寮、足利学校、目白山房、对岚山房、金泽文库以及内藤湖南的恭寿山庄等著名藏书库，将他认为最为重要的九十种版本记录在自订年谱《来室家乘》中。他藏书虽丰，却始终不曾如同时代的藏书家那般有钱，故也不曾如其他藏书家那样写"藏书记"炫富，但他对日本访书的记录，可上接杨守敬的《日本访书考》，似乎更有意义。

与他在京都聚首偕游的学者，除成名已久的狩野直喜和内藤湖南外，还有如吉川幸次郎这样的青年才俊。吉川后来作了一篇《法隆寺的松》，写道："杨先生看什么似乎都不很赞赏，只是轻轻地点点头。他是十分、毋宁说是过分沉默寡言的人。今天更是特别地沉默，不仅语言默然，连表情看上去也是漠然。"其实杨钟羲是民初重要学者，连罗振玉和王国维都对他很是推重，但他身后名声不彰，与他这种不事张扬的风格不无关系。

未见前人文字提及他与平冈武夫相识。这一年平冈武夫才二十四岁，正是毕业之年；但是这本签赠之书《日知荟说讲义》，他仍是用毛笔工工整整地题了"平冈先生惠存　雪桥持赠"，可见他虽不苟言笑，却是个礼法谨然之人。西方治史者最重实证，所以直到发现甲骨文，才承认史上真有个商朝，但至今不承认夏朝的存在。武则天退位后，唐朝将其称帝的实证物一概毁掉，直至二十世纪八十年代一位农民在嵩山山谷中捡到她封禅嵩山时掷下的"除罪金简"，才可确证中国历史上确实有过这么一位女皇帝。同理，签赠本上这十个字，也是杨钟羲和平冈武夫见过面的唯一实证。此处牵强，聊博一笑而已！

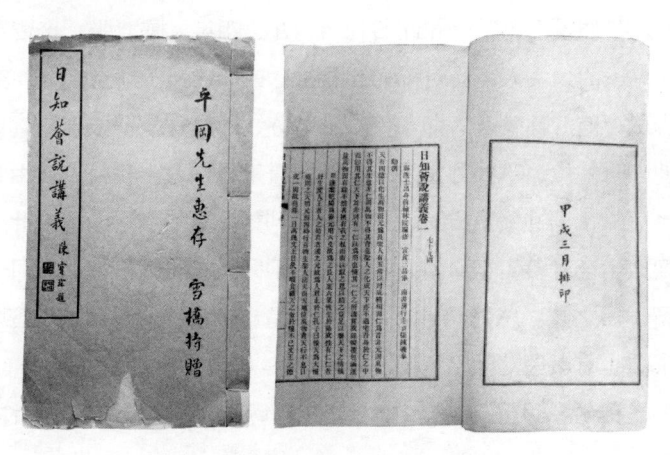

《日知荟说讲义》是乾隆皇帝做皇子时的读书笔记,他登基后亲自删选定稿。《四部总目提要》:"乾隆元年,皇上取旧制各体文删择精要,得二百六十则,厘为四卷。第一卷论帝王治化之要,第二卷论天人性命之旨,第三卷论礼乐法度之用,第四卷论古今得失之迹。"此书当时刊刻精善,后来成为皇子必读之书。杨钟羲在江宁知府任上赶上辛亥革命,鼎革后隐居上海,以遗民自居,却于一九二四年应废帝宣统之招入京,与王国维同任南书房行走。这本《日知荟说讲义》,便是他以师傅自居,撰呈溥仪的苦心之作。大清逊清,海桑之变,真可谓"两朝开济老臣心"了。

此书由陈宝琛题签,有张尔田、李宣龚跋。李跋云:"甲戌春暮客游旧都辽阳,雪桥师出示《日知荟说讲义》手稿,熏沐三复,翣然起敬。是编勤求治本,不让郡国利病之书。报答主知,有同金銮密记之感。师今年七十矣,沧海门生无以为寿,谨校刊行,藉伸景仰。"可知此书刊于一九三四年。陈、张、李皆当时一等一的大文人,均对杨如此看重。读杨的《圣遗诗集》,交游皆沈曾植、陈夔龙、郑孝胥、梁鼎芬、范增祥、罗振玉辈,足见他当时地位,不独为宣统小朝廷所看重,亦为士林公论。由刊刻年可知,杨钟羲访日时,此书尚未刊刻,故签赠平冈武夫此书,要么由杨钟羲寄至日本,要么便是平冈武夫一九三六年五月来华留学后之事。总之,当时平冈不过是二十多岁的青年,杨签赠此书,也有殷殷劝学之意吧。

杨钟羲字号众多,如圣遗、芷晴、芷庼、幁盦、留垞、梓励、雪樵、雪桥、南湖鲜民等,而以雪桥最为重要,因他留给世人一部《雪桥诗话》。此书共四编四十卷,其中《雪桥诗话》十二卷、《续集》八卷、《三集》十二卷、《余集》八卷,于民国三年至十五年(一九一四 — 一九二六)由嘉业堂主人刘承干刊入"求恕斋丛书"中。我收有全套初刻本,百年之下,几为全品,洵为幸事。此书名为"诗话",实为有清一代的掌故大全。陈三立在序言中极力推许:"留垞所为诗话,掇拾所及,比类事迹,甄综本末,关于政教、学术、风俗,及其人行谊遭遇,网罗放失,彰阐幽隐,俨然垂一代之典,备异日史官之采择。"杨钟羲于辛亥革命后蛰居上海编撰此书,其第一个动机,无非是作为一名旗人,表达对旧朝故主的殷殷热忱。在清亡之前,他便与表兄盛昱合编《八旗文经》五十六卷,《雪桥诗话》可视为《八旗文经》的姊妹篇。

戊戌变法虽以惨败流血收场,但庚子辛丑之变接踵而来,面对浩浩荡荡的世界潮流,螳臂无以当车,于是立宪思想日益萦蔓朝野。清民鼎革之前,朝廷仍希望维护满洲利益,推出"皇族内阁",遂将立宪派推向反面,日益与革命派合流。而满洲人才本就远不如汉族之盛,如铁良、良弼等满族才俊,虽一度组成所谓"宗社党",但不旋踵之间,就被革命党刺客以暗枪炸弹击溃。满洲贵族无能为力,纷纷逃到天津、青岛的租界中做寓公,更不要说杨钟羲这样的汉裔旗人了。所以,踏踏实实做遗民正是他保持尊严的唯一选择。同时代对保存有清一代掌故文献居功厥伟者,除杨钟羲外,还有金梁(字息侯)。金却是出身瓜尔佳氏

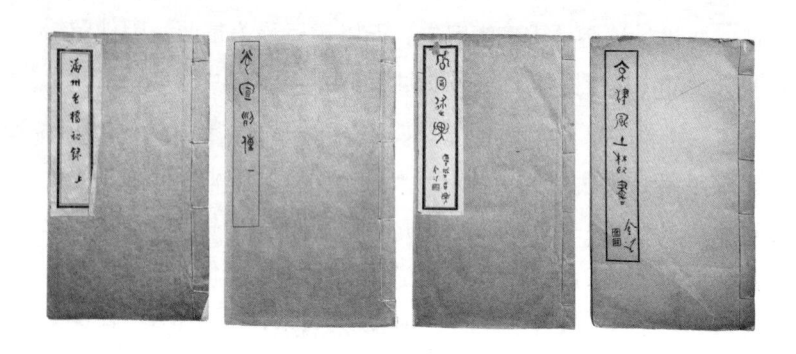

的满洲贵胄，二十世纪二三十年代积极参与宗社党的"光复大业"，最终功败垂成，沦为历史的尘埃。其被历史铭记者，仍是他主持编撰的《满洲老档秘录》《光宣列传》《瓜圃述异》《近世人物志》《京津风土丛书》等掌故文献。这些书多为排印精良的铅印本，多由金梁题写书名，他的金文极有特点，堪称一绝。

掌故文献之保存，多赖文人士大夫的笔记小品文流传。中国自唐宋以来，士大夫常秉笔直书当代官场士林之事，此等著作浩如烟海，在正史之外，保存了大量的一手史料。由于绝大多数士大夫都是官员或曾经为官，故其秉笔直书，不避嫌，不乡愿，不客气，不计毁誉，可说是吾国独有的一大光荣传统。即便是文字狱最酷烈的明清两代，这一传统也几乎未受影响。直至民国时代，此传统仍流传，近些年中华书局整理出版"近代史料笔记丛刊"，已成皇皇巨制，可见虽有新文化运动在前，但士大夫传统在民国并未断绝。

士大夫的精神还能以签赠本流转。平冈武夫教授批校古籍之勤，便是我国民国时代的老学者，也绝少能与之相比。他是位淹通经史的士大夫，寿至八十五岁，此书陪伴他六十一年，虽无批校，看品相他曾阅读，但保存得极好，想来是置于柜箧之中，而非随意置诸架上或委诸尘土。藏书如伴侣，我今四十矣，聚书不过十余年，愿仰承前辈风范，与这些书相期白首，也共度一个甲子。

易越石签赠王植波《现代篆刻合集》

数十年来，金庸武侠盛行不辍，而研究金庸的著作也叠浪无穷。二〇一八年金庸先生驾鹤后，坊间涌现更多"金学"著作。吃金庸这碗饭的，渐可与"红学"与"鲁迅学"鼎足而三了。

最早评论金庸武侠的，应是梁羽生。他二人本是《大公报》同事，在二十世纪五十年代前脚后脚写武侠小说。梁羽生以《龙虎斗京华》开启了新派武侠的新天地，在港台一众武侠小说家中如奇峰突起，江湖地位极高。然而就算梁羽生是号令天下的"屠龙宝刀"，谁料不旋踵间，金庸便"倚天不出，谁与争锋"了。对此，梁羽生不能无感，因此他化名佟硕之写《金庸梁羽生合论》，说"开风气者梁羽生，发扬光大者金庸"，不无酸意。金庸只讪讪地回应"武侠只是一种娱乐"，他的朋友倪匡却不干，直到三十多年后，还毫不客气地直言该书是梁羽生"拉金庸替自己增光"，更决然下了结论："只要看是不是把梁的武侠小说和金的相提并论，就可以知道这个人对武侠小说的功力是否深，万试万灵，金庸与梁羽生不能合论，绝不能。"几年前我邂逅金庸的二公子传倜，他也毫不客气地说父亲就像大公司，别人都不过是小作坊而已。确实，前些日子得温瑞安签赠本两种，知其毫无书法基础，这是缺乏旧学根底的缘故，那么写小说也自然无法达到金庸的高度了。

"金庸"这碗饭，动筷最早、吃得最香的，当数倪匡。他是金庸密友，当初金庸在报纸上连载武侠，有时出差或忙不过来，多由倪匡代笔。据说《天龙八部》有五万字是倪匡代笔，阿紫就是被他写瞎的。倪匡可说是最了解金庸的人，他的《我看金庸小说》以"九品中正制"品评金庸人物，别开生面，加之文风隽永，妙趣横生，可读性在一般的评论性文章之上。而且，他第一个抛出"金学"二字，将这本书列于"金学研究"系列第一集。倪匡之后，内地及港澳台评金庸者，真如过江之鲫，连同为武侠名小说家的温瑞安也不能免俗。后来内地几位狂傲不羁的书生，如孔庆东、余杰、徐晋如、王怡等，也都有金庸情结，但取向各不相同。如徐晋如最爱康敏，将她与美狄亚相比，上升至古希腊悲剧美学的高度。

还有真的把"金庸学"上升到"学院"高度的，如新垣平的《剑桥简明金庸武侠史》和《剑桥倚天屠龙史》。他这些文字都先发在天涯社区显摆，属于"一本正经地开玩笑"，谁曾想竟能正式出版，而且销量还不错。这只能说明金庸的魅力，岂是一句"成年人的童话"所可搪塞！自然也非自诩"长得丑"的那位山东作家所谓的"魔幻现实主义"所可比拟。

最近很多书店增设了金庸专架，傅国涌、沈西城、胡菊人、胡文辉、陈墨等，甘作"走狗"，各擅胜场。其中尤有价值者，是香港心一堂出版的"金庸武侠史记——三版变迁全记录"系列。金庸小说有"旧版""修订版""新修版"之别。"旧版"为当初在报刊连载的版本，除剪报外，还由邝拾记、武功等书报社合订出版，且有薄本厚本之分、有图无图之别。"修订版"是金庸于七十年代统一修订的版本，由他自创的明河社独家出版，且授权于内地的三联书店和台湾的远景出版公司，曾经最流行的宝文堂书店版是盗版，只是盗亦有道，盗得漂亮。"新修版"是金庸在二十一世纪初重新修订的一版，仍由明河社出版，内地则改交广州出版社。伴随我们这代人长大的金庸小说是"修订版"，但其实"旧版"和"新修版"都有不少精彩的片段，心一堂这套书把三版做成了"串烧"，通读一遍，就不用再分别读那两版了。何况，如今"旧版"已成为收藏界的香饽饽，依册数而定，一套要几千至几万不等，哪里看得起啊！

"金学"虽然泛滥，却也有赏心悦目之时。当初小说连载时，配图全部出自云君之手，但都是急就章，虽然潇洒，颇嫌粗陋。后来明河社推出"修订版"，高大上了，云君认真地为每一回作了插图，精美之至。可惜名气更大的王司马也来蹭"金庸饭"，生生把一半小说画成了水墨写意，兴许从艺术上是无懈可击的，但失去了云君插图那种家一般的温暖。云君即由云君，原名姜云行，后来移居加拿大，不问香港的江湖了。若有出版商找得到他，恳请他再作冯妇，为王司马蹭去的那一半"金庸饭"补画插图，该是何等的美事！云君还曾为梁羽生的《白发魔女传》认真画了插图，但精美程度也无法与他所画的金庸小说插图相比，可见他也是乐于吃"金庸饭"的啊！

以艺术手法表现金庸的，除了一众漫画，还有香港广西籍画家董培新的《画说金庸》，画风介乎戴敦邦与关良之间，比云君和王司马难得的是有了色彩。然而更为难得的一人，我觉得是易越石，从幼时翻烂的宝文堂版到线装特制版，每册都印有一枚"金庸作品集"大篆阳文印章，就是出于他的刀下。金庸虽写武侠，却不失雅人深致，明河社"金庸作品集"共三十六册，每一册都用了一枚名家所治闲章，且多与书中内容契合。如《射雕英雄传》第一册用了齐白石的"江南布衣"，便契合郭、杨两家及"江南七怪"；《倚天屠龙记》第一册用了徐三庚的"曾经沧海"，说的正是郭襄，第三册用清人林皋的"肝肠如雪，意气如虹"，指的正是"排难解纷当六强"的张无忌；《天龙八部》第二册用清人鞠履厚的"虎啸风生，龙腾云萃"，托出乔峰的气势；《笑傲江湖》第二册用清人高凤翰的"檗下琴"，说的是诸事不顺却能苦中作乐的令狐冲，也影射以琴会友的知己之情；而《雪山飞狐》用了齐白石的"吾狐也"，直截了当。这些印章极为精彩，与金庸小说的笔力相印证，竟有一种惊心动魄的力量。可是易越石这"金庸作品集"印章，以刀法而论，厕身三十六枚名家治印之中，竟是当仁不让。

香港的治印名家，首推冯康侯。他虽是广东人，却在全国享有大名，交往皆一时名流。手头有一本《冯康侯印集》，题词者可都是樊增祥、袁寒云、金梁、胡汉民、谭延闿这样的大人物。他在香港的大学讲治印，是香港篆刻界的一代宗师。民国人才鼎盛，北洋时代区区一个内阁的印铸局，局长为许修直，科长有唐醉石、王福厂，冯康侯当时刚从日本留学回来，不过是一技师。广岛安田女子大学的萩信雄教授，藏有一部许修直原藏的《初拓高贞碑》，萩教授专门写了考证文章，称此拓本为天下第一。遥想当年北京、上海、天津、广州、香港，扎堆的都是些什么人物！

易越石小冯康侯十一岁，是香港第二代印人。他的印集辑为《宁远楼印存》，一九九七年由香港佛教志莲图书馆出版，书名却为《易越石篆刻》，两个书名均由冯康侯题写，提掖之外，可见推重。我有此书，为方宽烈原藏，展卷可知，他除为金庸治印外，亦曾为黎雄才、杨善深、陈荆鸿、饶宗颐、刘诗昆、黄永玉等名家捉刀，在香港绝对算是一流人物了。我另收有他的《文天祥正气歌篆刻原钤本》和《易越石心经篆刻原钤本》，刻闲章竟刻出全篇，可见于此道耽迷之深。他于金石文字之学还有一大

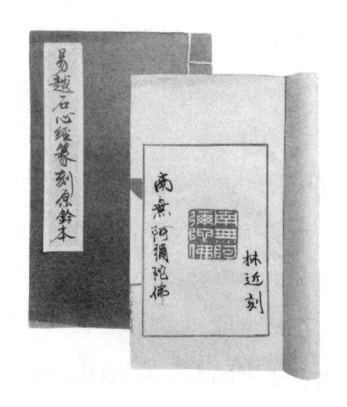

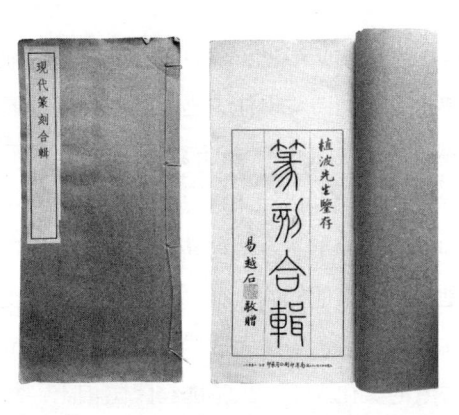

贡献，即在郭沫若《石鼓文考证》的基础上，又辨认出二十五个字，并纠正了前人若干考订错误，撰成《石鼓文通考》一书，在其逝世后出版。此书指出石鼓文为春秋秦哀公发兵救楚败吴后的祝捷祭祀之文，为重要的文史研究成果。金庸当了半生"武林盟主"，但他又是负笈剑桥，又是开帐浙大，追求学术成就，但始终乏善可陈。联想及此，便觉得这"金庸作品集"五字大篆阳文，不是易越石"吃金庸饭"，而更像是金庸"吃易越石饭"了。

我因爱屋及乌，故因这一方印章的缘故，爱金庸及易越石。那日见孔夫子旧书网有易越石签赠王植波《现代篆刻合辑》一册，即欣然解囊。书中收区建公、赵鹤琴、何印庐、李祖佑、罗叔重、陈丽峰、冯康侯、刘骈宇、陈语山、陈宗虞、黄思潜、林景穆、易越石、何筱宽、关则哲、何少强、陈秉昌、林世昌、林近、骆晓山共二十位港澳治印名家，为一九五八年五月港澳篆刻家第一次联合展览会展出的印章。所选易越石数枚印章，有为董作宾、雷晓岑、王植波所治者,更见其在篆刻界的地位了。王植波是邓散木弟子,书画诗文俱佳,当年在香港堪称最炙手可热的电影编剧和制片人,可惜三十多岁就因飞机失事而英年早逝。一九五九年金庸创办《明报》时,央求王植波题写报头,至今"明报"二字仍用他的手书。他与易越石一样,绝不是"吃金庸饭"的,而是金庸附庸他们的风雅。五十至七十年代的香港,因传承了民国文化的余绪,居然大放异彩,成为一个黄金时代。而当时活跃在香港的文化人士,虽不能与民国相比,却足以支撑局面和体面,而金庸不过是其中一员小将而已。

百剑堂主签赠本《艺林丛录》

身在深圳,常听到"文化沙漠"的说法。其实,这个称号曾长期属于香港。早在一九二七年,鲁迅应《大公报》邀请来香港演讲,就被提问:"香港是文化沙漠吗?"鲁迅答:"不可以这样说,这样说太颓唐了,就算它是沙漠也不是不能改变的。"到了二十世纪三四十年代,由于战事频仍,政局严酷,大量文化名人避难于香港——其中很多人客居终老。在他们的带领下,香港成为一座文化森林。但所谓"文化沙漠"的称号,一直挥之不去,这种误会不外二因,一是香港过于商业化的城市气质,二是内地高高在上的自大感。前不久,文史学术大师饶宗颐先生病逝,但香港堪称大师的,还有金庸。他们都是由香港本土孕育的大师,放眼内地,民国一代的老先生去后,可曾孕育过同此分量级的大师吗?

香港"文化森林"的盛况,以五十至七十年代为最,出现了《大人》《大成》《春秋》等绝世文史名刊,是内地和台湾所不可想象的。就拿《大公报》来说,其文化副刊《艺林》堪称是内地及港澳台文史名家的"群英会"。若想一睹当时盛况,收集当时报刊自是最好的方法，然而这诚非易事，好在这些专栏文章当时便已结集为《艺林丛录》，交商务印书馆香港馆排印出版。这套书自一九六一年至一九七三年前后共出十编，前三编多选港澳作家，也有一些内地作家，以广东作家居多，特别是冼玉清，有二十多篇入编。从第四编开始，内地作者才多了起来，渐成主力，如钱仲联、商衍鎏、王力、陈垣、沈尹默、谢稚柳、钱君匋、周汝昌、章士钊、叶恭绰、顾颉刚、夏承焘、张宗祥、沙孟海、启功、周绍良、王元化、潘伯鹰、唐圭璋、郭绍虞、俞剑华、李可染、高二适、黄苗子、郑逸梅、黄裳，都是鼎鼎大名。然而这套书的一大怪异之处是，内地作者皆老老实实署名，而港澳和台湾作家，除曹聚仁、朱省斋等寥寥数人外，皆用临时起的化名，基本不辨牛马。

而且这么精彩的丛书，翻遍十编十册，既未署主编之名，也没有序跋对编辑情况进行说明。后来读到罗琅的《香港文学记

忆》，收有一篇《陈凡与〈艺林丛录〉》，才知这套书的主编，原来竟是百剑堂主陈凡。据罗琅此文回忆，《艺林副刊》之所以能向内地征稿，是得到廖承志的援引。廖公一向负责统战工作，此举当为统战之牛刀小试无疑。《郑逸梅自订年表》一九六三年的记载可证实此判断："经廖承志先生圈定，我向海外发稿。北京中国新闻社设宴国际饭店，兼邀诸老作家，我乃为香港《文汇报》、《大公报》、《新晚报》写稿，任统战工作。"当时，台湾反共浪潮正高，港澳和台湾的作者有所顾忌，所以隐去真名。罗琅说："至于许多当时不便用自己名字在香港发表文章的，除非再起陈凡先生，相信黄荫普先生（香港商务印书馆总编）也未必知道是谁。"

那些隐去真名的作者，都用些"达堂""戎轩""宇庭""寅庵""远斋""矩园""兰轩""智龛"或"楚客""一丁""刚主""直生"之类笔名，有酸腐气。丛录第二编收了主编陈凡的两篇文章《〈东园十咏〉前后》和《试谈任伯年》，前者谈史，后者论画，均署名百剑堂主，显得戛戛独造、鹤立鸡群。其实他早已用此名和梁羽生、金庸两个武侠晚辈合写过《三剑楼随笔》，单独写过《百剑楼杂笔》，在报刊上连载过武侠小说《风虎云龙传》，这几种文字都于一九六〇年前结集出版，反响很大。这三种书我都有，其中《三剑楼随笔》一九五七年由香港文宗出版社出版，当时作者排序是百剑堂主、梁羽生、金庸。到了一九九七年学林出版社重版此书，则把排序颠倒过来，变成金庸、梁羽生、百剑堂主了。总之，百剑堂主的名气早已响彻香江，他在《艺林丛录》里署这个名字，与那些化名全然不同。

陈凡何许人也！他是个坚定的"左"派。早在一九四七年，他就因报道中山大学罢课事件而被逮捕。后来他以"陈少校"笔名写《金陵残照记》《黑网录》，持续爆料国民党政权的军政内幕。这样的人，怎么会在乎台湾当局的看法。自署百剑堂主，倒像是扬刀立威一般。所以，商务印书馆怎么好标明这套书是他主编呢？

黄裳为陈凡《壮岁集》作跋，用龚自珍句"不是逢人苦誉君，亦狂亦侠亦温文"称美之，确是精允之论。而陈凡亦以此自况，他一九七六年填的《临江仙》写道："回首流光真似驶，匆匆换了姿容。几多往事渐朦胧。几多甘苦辣，都在梦魂中。　　狂侠温文兼慷慨，酒边花畔刀丛。死生荣瘁不横胸。慰情唯此最，得见九州红。"但更能体现他亦狂亦侠风格的，倒是他年轻时写的讽时刺世的诗，如《有感》："湘漓呜咽接黄河，长袖斜眉自舞歌。后主风流传遍日，江南隙地已无多。"《甲申秋桂林危城听歌感赋》："怜君流落在天涯，满目苍凉何处家。为了惊醒亡国梦，烦君多唱后庭花。"他存诗不多，只成薄薄一册《壮岁集》，但诗力可观，故作序跋者居然是钱锺书、饶宗颐和黄裳，且均极推重之。钱序云：

　　陈君百庸（注：陈凡字百庸），轶才豪气，擅诗书画之三长。余识君也晚，已不及见田光壮盛时矣。尝谓之曰，想子当年，意态雄杰，殆所谓兴酣落笔摇五岳而吟沧洲者耶？别去数载，忽寄《壮岁集》一卷来索序，且曰欲知狂奴故态乎，展卷斯在。余披寻吟讽，君少日愤时救世，探幽寻胜，轻命犯难诸情事，历历纸上。嬉笑怒骂，哀思激烈，亦庄亦谐，可泣可歌。因参证缔交以来，君为国为民之壮志，一如畴昔也。好山好水之壮游，不减旧时也。若夫诗书画之大笔淋漓，更无愧老当益壮也。余不及见田光壮盛之憾于是乎涣然释矣。君之诗酣放可以惊四筵，精微可以适独座，余尝为君《出峡诗画册》题七言短句品目之曰，笔端风虎云龙气，空外霜钟月笛音。今亦无以易之焉。一九八三年五月钱锺书序。

借统战工作之便，陈凡虽在香港办刊，却不仅能源源不断面向内地约稿，且常能赴内地与各地名家面谈。不要说近在广州的容庚、商承祚、梁宗岱、詹安泰等，京沪的钱锺书、黄裳等，就连海外久失音讯的一代大儒熊十力，他都能与其抵掌而谈，谈的竟是最高深的唯识学。《大公报》财力雄厚，稿费对内地作者有一定吸引力。而对于大家的困难，陈凡亦尽力周急。如他长期帮傅抱石在香港买药，三年困难时期给很多作者邮寄食品。蒋天枢《陈寅恪先生编年事辑》记载："香港陈某寄来食品包裹一，内装白糖、火腿及其他食物。先生将包裹单交给校党委全部退还。"陈某即陈凡。

陈凡美丰仪，有侠气，诗词比梁羽生、金庸写得好多了，但写武侠比梁羽生、金庸都晚。他们仁的《三剑楼随笔》是一九五七年五月结集出版的，此时梁羽生已是名家，金庸虽只写了《书剑恩仇录》，却也已成为圈内热议的健笔。百剑堂主排在首座，名头虽响，却没有写过武侠。大概在金庸写《碧血剑》时，他也写了一部《风虎云龙传》，和金庸一样，连载完，也交由三育图书文具公司出版，也由蒋云行配了插图。但他这小说，着实不好看，比梁羽生的还无味。看来，写武侠小说需要另一种天赋，与诗史之才恰成反比。

陈凡一九七九年加入中国作协。他的立场和金庸不同。金庸一九五七年离开《大公报》，数年后在《明报》与《大公报》论战，陈凡以"张恨奴"的笔名应战，闹得很不愉快。但金庸对这位老前辈还是非常尊敬的，事实上，陈凡也喜欢看金庸小说，晚年无事，专门致函金庸讨要其书，金庸便亲笔签了名，着人送去。一九九七年，陈凡病逝，金庸参加了葬礼。二人的关系，反没有金、梁关系那般微妙和难堪。

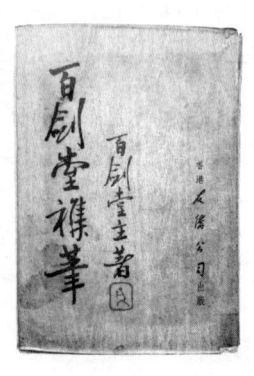

陈凡其他作品不多，一九七八年出版的《尘梦集》，大多数文章见于《百剑堂杂笔》和《三剑楼杂笔》。他的精力主要放在编辑上，除

主编《艺林》副刊和《艺林丛录》外,还编有《齐白石诗文篆刻集》《中国钤印源流》等书。他对书画金石的兴趣很大,自己也出过一册《出峡诗画集》。不过,我手头的《尘梦集》,封底内贴有香港书话名家许定铭一篇文章的剪报——《静听〈海沙〉的倾诉》,指出陈凡一九四二年在桂林,以"周为"的笔名,由今日文艺社出过一本名为《海沙》的散文集。战时后方的出版物,存世应极稀少,所以除此之外,本文提及的其他书,虽未刻意收集,架上却都有了,基本全是在香港书肆淘到的;唯独这册《艺林丛录》第三编初版本,是陈凡一九六二年四月签赠给北京的文史学者陈迩冬的,我很少在孔夫子网参与竞拍,此却为竞拍一得。《艺林丛录》第一编有《曹操的诗文》一文,署名"迩东",属陈迩冬先生的研究领域,应该错不了。

杨铁夫签赠本《抱香室词》

在京都收得乾隆杨氏耘经楼仿宋精刻本《渔隐丛话》一部，上下二函共八册，由版记、用纸、印工大略可知是初印本，而且朱印琳琅，赏心悦目。然而天妒红颜，竟被蟫鱼军团攻掠蹂躏，乃至千疮百孔，碎屑飘零，怵目惊心。收此书时就颇费踌躇，如此品相，何以置诸架上？且深圳没有修书业务，贵重书籍寄去外地又不放心，如何是好？

这一日与顾吉友马刀兄联系，才知他已到成都发展。他是苏轼的粉丝，收书只收与东坡有关的书，从明版到时下的盗版，癖好极深。我写"倾倒众生"系列，拟写一篇"天涯何处无芳草"，他一再阻我动笔，说一定要好好给我讲讲东坡这首"蝶恋花"的背景，我才能写得准确。可是许久不联系，他却已远走成都。他早已把重心转向葡萄酒，成了国家特级品酒师，写了好几本品酒专著，还赴宁夏、陕西、新疆等地指导人种葡萄、酿酒，包装酒文化，雅号也由"马刀"变为了"百尝"，真所谓君子豹变了。此番去成都，做的也是红酒生意。

我却突然想起，当年他主持深圳尚书吧时，曾聘过一位精通修书的小贺贺术林。我在香港北角的青年书局，淘得一些老一代文人的诗词别集，都是方宽烈先生的旧藏。其中有一本《抱香室词》，作者是岭南名家杨玉衔（号铁夫）。买来时残破不堪，于是拿给小贺。他很快就修好了，打电话约我去取，我拿到后很是满意。他并专门提道："封面上的毛笔签赠，我小心作了处理，但原来已小缺一点，希望无关大局。"听他一讲，我才知此书有亲笔签赠，真是意外之喜。那书是深蓝封面，杨铁夫题了"张唠丹女弟惠存　铁夫寄赠"，大几十年过去了，字迹模糊暗淡，几近湮灭。我向来粗心，竟视而未见。

十九世纪中期香港割让英国后，并非立即获得显赫的经济地位，"东方之珠"的美誉，是二十世纪后半叶的事情了。大量文化精英移居香港，以钱穆先生为代表的一批贤达，从台湾到香港做文化"扶贫"，创办书院，传播国学，成就斐然。但在此之前，香港真可算是个文化沙漠。以诗词而论，民国堪称"最后的诗国"，各省都有数量可观的优秀诗人，而香港诗词可观者，不过杨云史、潘飞声、邓尔雅、陈步墀、曾克耑、刘景堂、杨铁夫

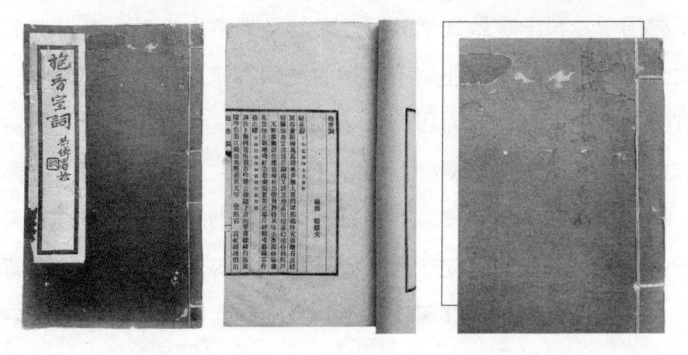

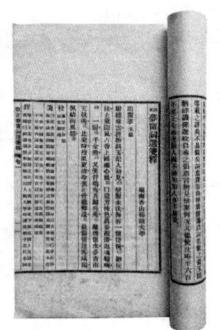

等寥寥数人而已。至于林庚白、叶恭绰、柳亚子、章士钊等大诗人，虽也曾在港留下鸿爪，不过是过路人而已。如林庚白，号称精通术数，算出自己有无妄之灾，在抗战中逃亡香港以避战祸，却恰好赶上日本攻占香港，在尖沙咀被日军射杀。章士钊于二十世纪五十至七十年代四度来港，主导了香港诗坛的一系列重要盛会。不过，香港诗词虽乏一流高手，却有着极好的氛围，诗社颇众，酬唱繁仍。

杨铁夫的名声虽不显赫，经历却不平凡。他在清朝已当到镇安知府，据说和同仕广西的蔡锷有八拜之交，后因不阿附李鸿章的侄孙李国筠，辞官归里。民国初年，赴新加坡经营矿务三年，然后返回广东，短暂出任揭阳县长。民国政局不稳，他便绝意仕进，到上海与当时知名文士如朱祖谋、陈三立、陈衍等同游，在无锡国学专科学院做词学教授。尤其是师事朱祖谋，专学南宋吴文英（梦窗），使他在高手云集的民国词坛占据了一席之地。词有《抱香室词》《双树居词》《五厄词》三种，并撰有《梦窗词选笺释》《清真词选笺释》等。"双树居"为铁夫故居，在香港大屿山凤凰峰下。"五厄"指日军进犯香港时，他寓居香港深水埗青山道，词稿遭匪徒、水、火、雨、晒等五次劫难。铁夫逝世后，其子杨兆焘整理其著作，于一九七五年以"杨百福堂"名义刊行，书名《杨铁夫先生遗稿》——我得黄志清先生惠让一本。

这本《抱香室词》，是一九三四年铁夫任教于无锡国专时排印刊行的，由广东老乡叶恭绰题两处书名，封面题"抱香室词"，扉页题"抱香词"。按民国惯例，还请了友人填词题于篇首，计有洪汝闿、陈衍、夏敬观、郭则沄、林葆恒、夏承焘、关赓麟、姚薳素、潘飞声、谭祖任、谢抡元、崔师贯、高拱元、周庆云、张荃十五位，集中又多见他与唐圭璋、钱仲联、冼玉清等人的唱和，辐辏民国一代之盛，亦足可见铁夫在词坛的地位。夏承焘的题词为《减兰》，有"金碧檀栾，谁要楼台拆下看"。南宋张炎《词源》云："吴梦窗词，如七宝楼台，眩人眼目，碎拆下来，不成片段。"夏承焘这是直言铁夫词的风格近于梦窗。夏并另有题辞，自称"小弟"，辞云："予于彊翁亦勉欲追摹万一，读铁夫作，益缩手噤口，不敢出一语矣。"至于上款的"张哶丹女弟"，应为铁夫的异性友人，工画。铁夫《双树居词》中有一首《望湘人·题张哶丹女弟自绘芍药图和贺方回》：

际擘盘捧出，照烛烧余，美人醒醉刚半。盛露渲颜，殿春婪尾，尚觉寻芳非晚。舞罢西施，延来娇客，连天晴暖。记移从上苑，说到将离，苦忆荼蘼良伴。

勿谓愁肠欲断。拟采兰同赠，伤高怀远。尽一幅生绡，绘出红情深浅。衣裳想倚，沈香亭畔。易误玄都仙观，今学得、道服黄装，免被沾泥衔燕。

此书为香港方宽烈原藏，扉页盖有"方宽烈氏""梅荷双清阁"二钤。方宽烈为香港著名的掌故家，尤于港澳二地的诗词文献整理居功厥伟。他本家境优渥，自少时便矢力收藏，所得近现代诗词别集极为丰富。只是他年事渐高后，将原本逐渐转让，只留下复印本作为资料。到了晚年，他更将复印本及自己的编书手稿也送交二手书店。新亚书店转行拍卖后，方氏送拍不少，每次拍卖本人都到现场捧场。

在新亚书店转行拍卖之前，方氏藏书多通过北角的青年书局散出。我第一次造访青年，就是随顾吉友兄。他一九八九年随家移居香港，对香港的二手书店了如指掌，他又与一众深圳书友交好，是最早赴港淘书那批人的引路人。佐敦的南京书局等，都是被他引入的那些书友扫掠一空的，因此他实有"引狼入室"之嫌——此处只为博一笑耳。我赴港较晚，其时青年书局早被人耙梳过很多遍，一眼望去，并无扑入眼帘的好书。为讲江湖规矩，我请顾兄走在前面，我跟随在后，没想到竟然很有收获，反观顾兄却一无所得。那次所得书印象颇深，有饶宗颐《楚辞与词曲音乐》、高贞白签赠本《三百年来诗坛人物评点小传汇录》、秦仲龢（高伯雨）译《英使谒见乾隆纪实》、罗孚签赠本《南斗文星高》、叶元章《九回肠集》（刘逸生转签赠方宽烈）、何思摅《何思摅书法集》（加拿大出版）、朱子家（金雄白）《汪朝秘艳录》等，其中多为方宽烈藏书。

有此美好的初次印象，此后每次赴港，都要尽量绕道北角，赴青年书局一探。那些年方先生的藏书陆续散出，每次进店，老板陈明滨先生都会从内室抱出两三摞供我挑选。初时常可见到五十、六十、七十年代的线装别集，皆盖有"梅荷双清阁""方宽烈氏"二钤，有的还贴有"宽烈藏书"蓝底藏书票。但到得后来，主人抱出的书中，多是方氏用复印机简单制作的复本，原本线装越来越少，终至无见。当时常到青年淘书的大有人在，方宽烈先生的藏书也就分别进入各家收藏了。我在青年书局所得方氏旧藏名家别集并不算多，其中严既澄《初日楼诗/驻梦词》，是我用关志雄《玉窗词甲稿》和顾吉友兄换来的。此外，方先生那些制作颇嫌粗劣的复印本，由于所据版本难得，我都见者皆收，反而多是更为响当当的名家大作，如黎国廉《玉蕊楼词》、赵尊岳《珍重阁词》、雷晓岑《乱弹斋词》、章钰《四当斋诗词》等，至今我都未见过原版，也不知方氏的原藏花落谁家了。另收有方宽烈的手稿多部，如《时贤简介》《港人词》等，皆未出版。

清末以下诗词，逢着五四新文化运动的雷鞭，渐趋式微，虽已是回光返照，偏偏就夕阳无限好。由于得到"三千年未有之大变局"的投影，奇崛壮丽，依回盼睐，兼有宋明遗民的崇高风范，整体水平不在历代之下。我从青年书局所得的这些书，不过一鳞半爪而已。这一时代的诗词以及文章别集是我最重要的收藏方向之一，其中较为珍视者，聊举其目，作为篇尾：

叶德辉《观古堂诗录》1913年郋园刻本（得自天津）；

王永江《铁龛诗草二集》1920年线装铅印本（得自仙台）；

辜鸿铭《读易草堂文集》1922年线装刻本（得自京都）；

柯劭忞《蓼园诗钞》1924年线装铅印本（得自孔网）；

吴虞《庚娇寓诗》1925年北京文楷斋线装写刻本（得自京都）；

金城《藕庐诗草》1926年线装铅印本（得自东京）；

李宣倜《岁朝唱和集》1928年线装写刻本（得自东京）；

郑孝胥《郑孝胥苏龛先生东游诗篇》1929年日本线装铅印本（得自京都）；

张其锽《独志室丛稿》1932年桂林张氏独志堂线装铅印本（得自台北）；

古应芬《古湘勤先生手书遗稿》1932年线装手书影印本（得自香港）；

伊藤博文《春亩公诗文录》1933年追颂会线装手书影印本（得自东京）；

袁金铠《傭庐诗文存》1934年线装铅印本（得自东京）；

张默君《白华草堂诗/玉尺楼诗》1934年南京刻本红印（得自台北）；

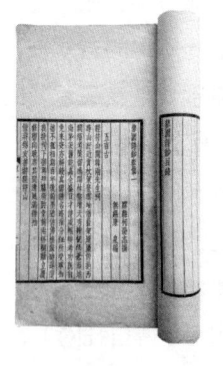

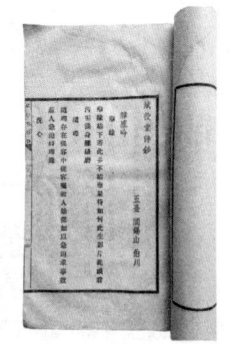

瞿鸿禨《超览楼诗稿》1935年线装铅印本（得自孔网）；

王揖唐《逸唐诗存》1941年合肥王氏家刻线装蓝印（得自京都）；

贾景德《韬园诗集》1941年线装铅印本（得自台北）；

郑贞文《笠剑留痕》（签赠本）1941年线装铅印本（得自东京）；

韩文举《韩树园先生遗诗》1948年线装铅印本（得自香港）；

阎锡山《斌役堂诗钞》1948年线装铅印本（得自台北）；

郁达夫《达夫诗词集》1948年香港宇宙风社平装（得自香港）；

谢玉岑《玉岑遗稿》1949年线装铅印本（得自深圳）；

曾仲鸣、方君璧《颉颃楼诗词稿》1966年线装铅印本（得自东京）；

李惠堂《鲁卫吟草》1974年线装铅印本（得自孔网）。

黄锵签赠本《衡阳抗战四十八天》

前些天，从网上看到一篇文章《石英剖腹》，说的是抗日战争中衡阳保卫战时，一名国军班长石英因被村民诬陷偷吃了一只鸡，不惜剖腹验肠，洗冤明志，以维护军民团结。此文原载“悠悠鹿鸣”的公众号，摘要为“没有听说过石英的日本人，不会彻底完整地知道为什么自己会失败”。

这个故事出自黄锵《衡阳抗战四十八天》，作者自费刊行于一九七三年台北。黄锵在一九四四年的衡阳保卫战中任四十六军新编第十九师五十五团第一营营长。该营百分之九十为广西兵，原守衡山，衡阳失守后突围至邵阳，全营七百人伤亡五百余，除白鹭坳战役牺牲两百人外，伤亡第二惨重的原因竟是由于盟军飞机的误炸，后方甚至一度传闻黄锵本人亦被炸死。但该营以“美人计”等匪夷所思的手段，俘获日军八名，后来在邵阳向群众作了展示，且接受了美国战地慰劳团的上门参观。抗战时日俘很少，有这八名日俘，该营的战绩也便格外引人注目。书中也借日俘之口，道出了日军不愿做俘虏的原因：“因为受到了日本军阀的欺骗宣传，说是如果被俘了，必定被中国人虐待杀头的。我们

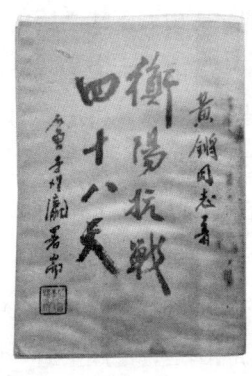

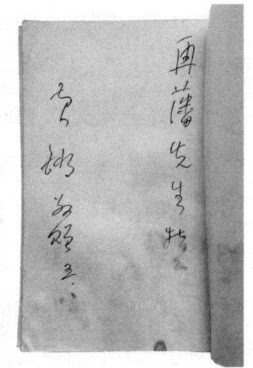

都信奉观音菩萨，杀了头就不能投胎，灵魂无法归还故土，所以我们宁愿战死，也不愿被俘。"

可我觉得日军宁死不降和不愿被俘，只怕还是其民族精神使然，观音信仰云云，恐占不到一二成。《菊与刀》是美国人写的，而我们中国人对日本人的武士道精神有着更深刻的了解。日本人尊重自杀，尤其迷恋切腹自杀，甚至将之上升至礼的高度，糅合了鲤鱼崇拜这样的先民信仰，以及比拟樱花的美学意识。一三三三年镰仓幕府灭亡时，多达六千人自杀。明治维新时，冈山藩武士与法国人斗殴，经外交交涉，须严惩其中二十人，结果四十人盛装赶来表演切腹，切腹到第十一人时，震惊的法国人喊停了。二战中，自杀的日本军人不计其数，如一九四四年美军攻入塞班岛时，日军一千多人跳崖自杀。日本投降前夕，陆军大臣阿南惟几切腹自杀，并且拒绝介错（由人帮忙砍断脖子）。

一百多年来，中国和日本打了几场大战，败是惨败，胜也是惨胜，因此每个中国人都有必要仔细端详一下日本人。梁启超先生痛感"泰西日本人常言：中国之历史，不武之历史也；中国之民族，不武之民族也"，乃作《中国之武士道》一书，历数孔子以下七十九位有"武士道"精神的人物（其中田横的五百门客合并作一人论），指出汉景帝平定七国之乱后，"无复以武侠闻于世者"，实际上道出了中国"不武"的原因即中央集权和大一统。在长达两千年的集权制度下，愚民顺民才是正常状态，"武士道"是危险点。然而，当西方的坚船利炮来到东方，中日两国面临相同的形势时，却走出了不同的国运，"武士道"是不是胜负手？毕竟，论杀洋人，中国的义和团比日本武士更起劲，但论自杀，那就有天壤之别了。正如那些监刑的法国人一样，倘民气不可侮，西方人不会视若无睹。

其实，梁启超的《中国之武士道》并未写全。汉景帝之前，还有越王勾践以"自刭战法"击败吴王阖庐。《史记·越王勾践世家》："越王勾践使死士挑战，三行，至吴陈，呼而自刭。吴师观之，越因袭击吴师。吴败于槜李，射伤吴王阖庐。"越国士兵排成三行，到吴军阵前，自己挥刀抹脖子，趁吴军看得惊魂未定时，越军发动袭击，大败吴军。这种阵前列队自己抹脖子似比战败自杀更为壮观。即便汉景帝后，也不乏南宋十万军民在崖山集体跳海这样的世界奇观，这可能是全世界抵抗蒙古征服最悲壮的一页，南宋也是抵抗蒙古时间最长的国家。宋朝人在崖山的表现，并不比塞班岛的日军差多少。即便单挑，中国人也可以向日本人喊话：你们的武士会切腹，我们的忠臣会自刎，还没你们那么拖拉磨叽！

正因如此,"石英剖腹"才令人悚然动容、肃然起敬。日本人后来评价衡阳保卫战:"我军既难以接近,也无法攀登,此种伟大之防御工事,实为中日战争以来所初见,也堪称中国国军智慧与努力之结晶。"对指挥此战的方先觉将军也崇拜有加。方先觉以仅日军六分之一的兵力,坚守衡阳四十八天,伤亡比日军少三千人,此战赢得世界声誉,被称为"东方的莫斯科保卫战"。方先觉为保伤兵性命拒绝突围,举枪自杀被侍卫拦下,最终向日军有条件投降。但日军未接受其条件,将其囚禁,他机智逃脱返回重庆,得到热烈欢迎。即便如此,仍有人批评他只欠一死、未能全节,这便是东亚文化有别于西方文化之处了。

我在台湾九份的乐伯书店淘得此书,居然是黄锵的签赠本,上款题"再藩先生指正",不知何许人。此书有众多要人捧场,封面由同盟会元老李石曾题写书名,内有孙科、陈立夫、白崇禧、薛岳、方先觉等题词,由名士梁寒操作序。书中附了大量战时的人物照片、报刊剪影、文电资料、嘉奖令以及作战示意图等,亏他保存得如此完好,增强了内容的可信度。这种有关抗日的小册子出版得不算多,除此书外,手中只有《淞沪御侮记》《台儿庄血战记》《我们怎样打进缅甸》以及易君左《抗战光荣

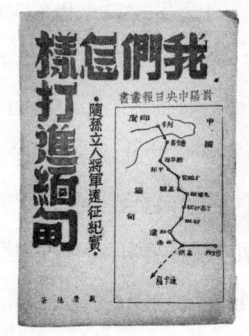

记》等寥寥几种。

此书除"石英剖腹""男扮女装智擒敌兵"等精彩桥段外,还有不少内容很具史料价值。试枚举之。

一是国军也采用游击战。黄锵对此十分自得,曾对某村长解释:"游击战法,不能正面和敌人决斗,要以空间换取时间,以少击众,出其不意,攻其无备,袭击、伏击、奇袭,是对敌作战最有效的战法,同时还要视情况变化,灵活运用,这样就一定可以取得胜利。"这符合白崇禧"游击战与正规战相配合,积小胜为大胜,以空间换取时间"的战略思想。黄锵也在书中指出,游击战是蒋介石在武汉失守后主张使用的战法。后来,胡志明、武元甲、范文同等率越南革命同盟会来广西学习战法,国军专门为之开设业务训练班,黄锵也是教官之一,他在书中说,越南人后来的游击战就是从他们手里学去的。

其实,游击战古已有之,说不上是谁的原创。伍子胥率吴灭楚,便是以游击形式反复骚扰楚军六年,令对方疲惫不堪,才突然升格为"大决战",一举灭楚,这完全符合毛泽东提出的"游击战要向正规战发展"的论述。二十世纪初,荷兰裔的阿非利卡人在南非抗击英国人,打了几年游击战,给英军造成重大伤亡,中国早期将其翻译作"波亚战术"。而"T恤之王"切·格瓦拉著有《论游击战》一书,系统地介绍了游击战的战法和组织形式,他在古巴革命胜利后,亲自跑到刚果等国,手把手传授游击战法,最后在玻利维亚打游击时不幸被捕牺牲。抗日战争中,国共对游击战的态度基本一致。朱德作为红军游击战"十六字诀"

的发明人，坦承这种战法得自蔡锷的真传。当初蔡锷率护国军入川，面对实力强大得多的北洋军，在泸州等地祭出游击战大杀器，屡战屡胜，朱德当时正是他麾下一名团长。

二是国军抗日时也是"跟我冲"。黄铦这个营有七百人，第一个牺牲的是梁连长，由于他"亲率一班向前增援"，喉部连中两枪，当场阵亡。第二场战役白鹭坳之战，覃允荃副营长亲自指挥前卫第二连，力战牺牲，另有一名连长、三名排长阵亡。黄铦自己虽得全身而退，也被盟军飞机炸伤，因而被后方误传牺牲。

三是国军军饷充足。黄铦这个营由于表现优秀，被上级多次明令嘉奖，每笔奖金最少一万元。参加衡阳保卫战的国军是精锐之师，黄铦本人是黄埔生，属中央嫡系部队，后勤保障是无虞的，书中也介绍其军容多次得到上级和盟军的赞赏。在这种情况下，该当不至于像军阀混战时代那样借战扰民。"石英剖腹"是一个极端的例子，但也从中看出中低层将官如黄铦之流，在抗战中确实重视军民关系。书中还提及戴季陶和陈济棠动员五百名和尚参军，以及村民唯恐遭日军报复，宁可跟随黄铦营突围等内容，可信度都不低。鹿桥的小说《未央歌》写的是抗战时大后方的西南联大，说到军队和老百姓都对学生非常呵护，在极其艰苦的情况下，保证了大学有个大学应有的样子，不至沦为政治的附庸或者炮灰。

此外，此书对民国时代一些风土人情的记录，亦有一定价值。如行军至曾国藩的故里："八月九日，黎明前，远远看见一个大村庄，房屋建筑鳞次栉比，颇为壮观。每栋房屋周围，都种有树木花卉，宛似一座花园。整个村庄的宽阔尤足惊人，几乎可以驻扎一个师。这是清代中兴名臣曾国藩的家乡。曾氏的治家治军业绩，堪为后世范式。我一向心仪他的做事为人，现在能亲临他的故居，也是意想不到的事情。"如今，那些气派的老建筑怕是已荡然无存了。

书中写道，也是在曾国藩故里，村民围观俘虏，七嘴八舌，只求看个稀奇。我不禁想到二十世纪八十年代，我故乡山西陵川县以招商引资之名，请来当年侵占我县的日军长官。那日，县宾馆被围得水泄不通，但并无多少敌对情绪，看场热闹罢了。可多年之后，我在日本偶然买到一九四一年的一份画报，其上报道"完成陵川占领"，附有照片多帧，其中有些建筑早已不存。我才想到，那位侵略者非要在晚年再来看一眼陵川县，也许是城墙、县衙、文庙、牌楼、寺院、山色、夕阳等小城之美，在他心上留下了难以磨灭的印象。可是他再来的时候，除了一座崇安寺之外，几乎片瓦不存。我想他心里一定有巨大的失落感。但其实他不知道，那座小城在五十年代已大拆大建一次，改为苏式建筑，八十年代他来时，连苏式建筑也被拆光了，重建的县城已无任何风格可言。可是，那些围观他的群众却自豪地说："给他看看，我们变化多大啊！"

此外，书中对一些国军名将的写实，令其跃然纸上。如薛岳虽是广东人，却操广西方言；方先觉魁伟刚正，是人中翘楚；衡阳战后二十年，白崇禧约黄镇到家中一叙，为他们拍照的是六公子白先勇，等等。黄镇对自己作战的叙述，如以美人计诱捕日兵、装鬼击败敌军等，颇有演义色彩，不无夸张成分。

"石英剖腹"的故事，容易令人想到金庸《飞狐外传》中钟四嫂在北帝庙剖儿腹验鹅肉一节。这个情节取自佛山古老传说，至今佛山祖庙尚有血印石一方，但人物姓名早已失传，可情节基本与《飞狐外传》所写一致。黄锵既是广东人，可能知道这一传说，那么"石英剖腹"就有了两种可能：一则有可能是故意为之，借此来笼络群众，是一种权术；二则有可能纯为杜撰，但原公众号声称曾走访衡阳保卫战老兵，对该军战力和牺牲精神深信不疑。

不过，读史应该就史论史，不应脱离历史而侈谈观念。关于战争，东方人和西方人的思维大相径庭，西方人可以光荣投降，东方人却追求光荣战死；古代中国人和现代中国人的观念也大不相同，如唐朝名将张巡为解决士兵的疾疫问题，不惜献出爱妾，以鲜血入药（后人多以为其献出爱妾供士兵食用，实误，见拙作《张巡到底吃了多少人》），现代人以人权理念非议之，殊不知古代虽有保人观念，但在危急关头为全军杀一奴婢，绝不会有损"忠臣"形象。太原城破时，阎锡山的部下，号称五百人，宁死不降；但据李敖考证，真正自杀殉城者不过一百余，其他很多都是妇孺，因丈夫不愿妻儿独留，故先杀之而后自杀。这种事情在中国历史上比比皆是，正史多给予正面评价。但在现代人看来，剥夺别人的生命，是杀人犯无疑。黄锵这本小书中也写到，后方误传自己牺牲，以致在桂林的妻子服药自杀，幸亏获救及时。由此推测，那太原城中的妇孺，孩子自然是无辜罹祸，妇女却未必不是甘心赴死的，李敖的思维是现代人的思维罢了。

我们这个民族的节烈观其实非常强大。民气用好，可无坚不摧，横绝天下；用得不好，浊浪滔天，天下大乱，妇女裹小脚，男子当义和团。不过，无论如何，还是做一个现代人更好。孙中山一生难言成功，但他有一句话说得好——"世界潮流，浩浩汤汤，顺之者昌，逆之者亡"。"石英剖腹"是真也好，是假也罢，这样的惨事，还是永远不要再发生的好！

俞平伯签藏《脂砚斋重评石头记（甲戌本）》

好友寄来上古社《梦影红楼——旅顺博物馆藏孙温绘全本红楼梦》一部，知道此书为清人彩绘本《红楼梦》故事，楼阁亭台美轮美奂，人物呼之欲出，非其他传世红楼绘本可及。网上找来全图品览一番，就当读过了；因此书有塑封，不忍拆视，好比金错刀、琹琅玕，我且深藏壁架了。

小时候读四大名著，其中《红楼梦》因用北京话，读得最为顺畅。我家书多，我父亲原在七二五研究所，从该所创立之初开始，由大连而密云再到洛阳，这一程的鸿爪雪泥，都可在那口巨大的书箱中找到。居然有善本，如六色套印《杜工部集》、雅雨堂精写刻《国朝山左诗钞》等，不过皆为零本。父亲说，当年从大连搬往密云时，线装书在图书室散落一地，即将被扔掉，由于时间紧迫，他只能随意撷取若干，不过既然被丢弃，应该就是不全之故云云。书箱中最多的是章回小说，版本都很普通。《红楼梦》是竖版繁体，训练了我竖版阅读的能力。此外竟然还有一套宝文堂的《倚天屠龙记》和百花文艺的《飞狐外传》，前者成为我最重要的启蒙读物，读了数十遍不止，还给我姥姥口沫横飞地讲过一遍。

《红楼梦》版本之多，只怕仅次于《圣经》。而我对《红楼梦》的兴趣，远逊于《倚天屠龙记》，自小种下的根，后来买书，也就按此取舍。这些年来热衷于二十世纪七十年代以前的香港旧版武侠小说，伟青书店版梁羽生几乎收全，金庸的旧版也只差《素心剑》等二三种了。若只说《倚天屠龙记》，则从邝拾记最初的薄册本到后来的合订本，再到修订本明河社初版本、三联初版本、三联特制软精装本，再到明河社世纪新修本，架上"三代同堂"，其乐融融。

然而聚书日多，《红楼梦》各种版本竟也收了不少，试枚举之。

《国初钞本原本红楼梦（后四十回）》，十册，上海有正书局石印本，为单独出版。有正书局于宣统三年和民国元年（一九一一），以俞明震（一说夏曾佑）、狄平子递藏秘本为底本，分别出版前四十回和后四十回，是为"有正大字本"。民国九年（一九二〇）缩小字体重印，是为"有正小字本"。"大字本"仅印此一次，传世已稀，且从学术上看，号称是最早付印的八十回脂本，因前有乾隆时人戚蓼生的序，被认为较之垄断百余年的"程高本"系统更为接近曹

雪芹原著。因"大字本"的印行，《红楼梦》才开始有了"戚本""程本"并行于世的新局面，因此其版本价值极高。此书我得自香港黄志清先生，只有后四十回，当时他反复念叨"我记得是有上半部的啊"，但后来一直没有找到。他自称在香港老一辈书人中排名第二，好书当然总在流转中。如他知我对元史感兴趣，说起有一部光绪刻本洪钧（赛金花之夫）《元史译文证补》，"不知放哪里了，总找不着"，多年后我在日本买到一部，正是他经手之书。

俞平伯签藏《戚蓼生序本石头记（甲戌本）》，二函二十册，人民文学出版社一九七三年影印，我于新亚书店拍卖竞得。扉页有俞平伯钢笔签名，后一页有"荻笛轩"钤。我没有"有正大字本"前四十回，此书即根据"大字本"影印，可看到有正书局老板狄平子在前四十回上作的旁批。书前有人文社编辑部的序，写道"戚本在诸脂本中，为后人所发现并付印，是最早的一部。但石印之后，当时的所谓红学权威们，丝毫不知其价值。唯有鲁迅先生早自一九二〇年创撰《中国小说史略》时，第一个予

以重视。……鲁迅先生在当时还只能见到戚本这一种脂本，而他已经在《红楼梦》版本问题上给我们指明了大致的方向"。《中国小说史略》出版于一九二三年，书中关于《红楼梦》的观点，多借鉴胡适一九二一年出版的《红楼梦考证》。此书影印于"文革"期间，或有拔高鲁迅，忽略他人之嫌。而俞平伯对戚蓼生的序评价很高："戚蓼生序……向来不大受人称引，却在过去谈论《红楼梦》的文章中，实写得很好。"俞平伯是最权威的红学家之一，他签名自藏之书，当具收藏价值。

《乾隆甲戌脂砚斋重评石头记》，一函二册，胡适以自己名义于一九六一年套红影印刊行。胡适曾收藏三个《红楼梦》珍本。一是乾隆壬子（一七九二）程伟元第二次排印本（即程乙本）。二是乾隆辛亥（一七九一）程伟元第一次排印本（即程甲本），胡适写有题记："《红楼梦》的版本之学可算是我提倡出来的。我先得程乙本，始知尚有程甲本，程甲本很难得，马幼渔先生藏有此本，今年他慨然赠送给我，我欢喜极了，故托北京松筠阁重加装镶，并记于此。"三是乾隆甲戌（一七五四）脂砚斋抄本《重评石头记》，胡适于一九二七年在上海所购，虽仅存十六回，却是存世最早的《红楼

184

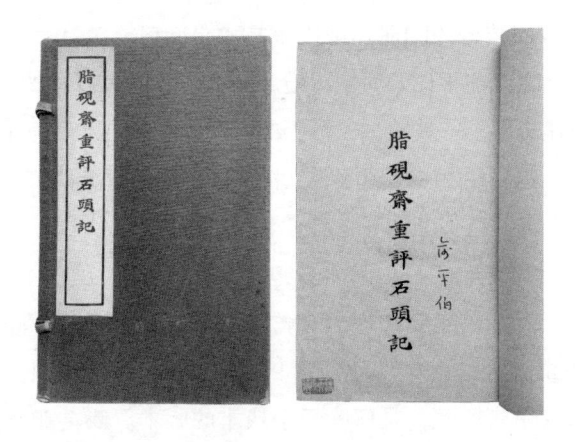

梦》版本，后来他离开北平去台湾时，据说只带了这一套书。真个是珍若拱璧，他竟私藏了三十四年才影印出版，版权页的出版商也赫然是"胡适"二字。出版时从头到尾他都是亲自张罗，竟累得心脏病发作。此书共印一千五百套，如今坊间稀见，我手中这套为台湾学者王梦鸥签赠京都大学教授平冈武夫的，数年前偶于京都得之。

俞平伯签藏《脂砚斋重评石头记（甲戌本）》，一函四册。那次在新亚书店竞拍时竟得此书，扉页亦有俞平伯钢笔签名，有"薄天所藏"钤一方。此书为"内部发行"，一九六二年由中华书局影印一次，此为一九七三年上海人民出版社再印。一九六二年版有前言云："脂砚斋重评石头记十六回本，通俗称乾隆甲戌脂评本，是研究红楼梦的重要资料。其原钞本于解放前为胡适所窃据，去年五月，台湾据以影印出版。因此书为我国学术界研究所需，我所特加以复制，去尽胡适涂抹痕迹，个别缺字，间加移补，按原装分为四册，俾恢复其本来面目。""去尽胡适涂抹"，易之以俞平伯的后记。但此书本为胡适购藏，"窃据"云云，有违史笔了。其实，一九六二年同时还影印了一种保留胡适序跋的。到一九七三年这版，又把俞平伯的后记删掉了。俞先生虽自藏一套，但心里必不能无感。

《脂砚斋重评石头记（己卯本）》，一函五册，上海古籍出版社一九八〇年套红影印。乾隆乙卯（一七五九）抄本，存三十八回，后有新发现，补至四十一回外加两个半回，曾为著名刻书者董康所藏，是仅晚于甲戌本的版本。我在北九州中国书店购得此书，保存全新，全未翻阅。后又在此间购得上古社二〇〇五年重印本一套。这些晚近影印的线装红楼版本，如今都价值不菲了。

《脂砚斋重评石头记（庚辰本）》，精装二册，一九五五年文学古籍刊行社套红影印两千一百套。当时该社还印行线装五百套，我未能收藏一部，但精装版如今也要二三千元之值了，而且由于装帧问题，书脊的绢面很容易开线，保存完好者更不易见，近年来从日本各书店回流一些，品相大多完好。线装影印"庚辰本"尚有人民文学出版社（与文学古籍刊行社实为一家）一九七四年版，我只有该社一九九三年重印本，一函八册，配锦函，宣纸印刷。当时在名古屋一家中文书店，看到一堆书下方有未拆的牛皮纸书包，上写一个"脂"字，请老板倒腾移出，拆开有此书两套，都是全新品相。

《红楼梦索隐》民国五年（一九一六）中华书局版，平装，十册。小田隆夫先生的北九州中国书店是日本最大的中文书店，书店与库房一体，面积之大，即便在中国也难得一见。库存多为近几十年中国内地出版物，我在此徜徉多年，极少见到二手书，这部《红楼梦索隐》为其中一部。在胡适《红楼梦考证》出来之前，"索隐"是红楼梦研究的主流，主要就是王梦阮、沈瓶庵的《红楼梦索隐》和蔡元培的《石头记索隐》。至于"考证""索隐"孰高孰低，就不好评判了。

此外还有一些七十年代以来出版的平装版本，都不稀见，便不列举了。至于"红学"著作，本就浩如烟海，不知不觉间也积得不少。百年来的文坛名家，多有涉笔红楼者，连张爱玲、余英时等都未能免俗，我也很乐意收藏这样的名家技痒之作。

俞平伯虽然"文革"中也下放干校，但较早就回了北京，吃苦不算太多。对于"红学"，他当仁不让，上古社的《俞平伯论红楼梦》是厚厚两大册，虽是胡适弟子，实已青胜于蓝。不过到了晚年，他对"红学"却有如此控诉："一切红学都是反《红楼梦》的，即讲的愈多，《红楼梦》愈显其坏，其结果变成'断烂朝报'，一如前人之评春秋经。笔者躬逢其盛，参与其役，谬种流传，贻误后生，十分悲愧，必须忏悔。"这才是对《红楼梦》的真爱吧！

徐旭生签赠本《壮悔堂文集》

二〇一九年,我赴广岛拜会前辈学人,得内田诚一先生惠让折扇一把,单面写朱砂竹,风骨高致,一望可知是启功先生手泽。以朱砂画竹,始于苏东坡,后人追风此技,但至启功臻于其极。且启功更以朱砂画松,我曾见过一幅,竟有富贵逼人的感染力,真可谓别开生面了。启功书法早已深入人心,号称"启体",如今已成为电脑常用美术字体,历代只有创楷体的钟繇、创瘦金体的宋徽宗可与相比。而"启体"笔笔皆有写竹之意,故其画竹,又与法书浑融一体,非画松所能比。正如宋徽宗的瘦金体翩然若鹤,宜乎他画《瑞鹤图》。扇题"冈松先生指教 一九八五年夏日 启功",钤识"珠申""元伯""启功私印"。

内田先生是启功先生和聂石樵先生的高足,专治唐宋文学。日本

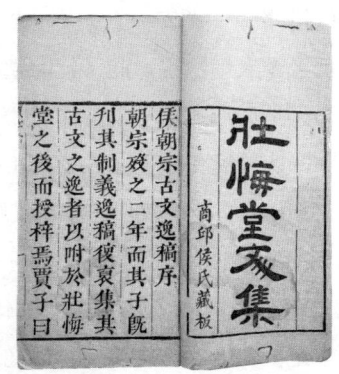

人精于园艺，宅邸无论大小，多有松有石，有唐宋遗意。内田先生汉名有一"睿"字，斋号"崇叡堂"。崇叡堂前有白玉兰，有紫藤，还有稀见的日本金缕梅。堂中收藏甚丰，曾专门作过展览，印有展览册。这种士大夫一般的生活，如今在中国不易实现了，日本却不绝如缕。听说薛蛮子在京都，以众筹的方式大量收购町屋，然而资本的力量固然厉害，能收广厦千万间，可是能把千百年不绝如缕的格调也收下来吗？

曾得内田先生惠赐顺治版侯朝宗《壮悔堂文集》一部。顺治版古籍传世很少，一向被视同明版，我仅经手一部裛古堂刻本张万选《太平三书》，有日人"玉兰斋藏书记"钤，而同具此钤之《太平山水诗画》见于多年前之保利拍卖——藏家知完璧无望，故送交拍卖行，区区四册拍得二十余万，获利五十倍，可充我数月养书之用。收藏品作为另类投资，是别有洞天的经济学领域，连张五常教授都乐此不疲。以我亲身实践而言，确比炒股票、投股权要稳当得多了，而且兼顾了高雅的精神享受。只是我总赞同孙中山的排序——"革命、女人、书",书更能佐一世清欢,不像女人那么令人烦恼也。此《壮悔堂文集》虽是顺治原版,但漫漶不清,只是后期刷本。唯其作者为身兼"明末四公子"、"古文三大家"、《桃花扇》主人公等美誉的侯方域,封面又有著名考古学家徐旭生(字炳昶)的亲笔签赠,故又别具收藏价值。

徐旭生教授以发现"夏墟"——二里头文化闻名于世。中国古代史籍明确记载了夏商两个朝代,《史记》有《夏本纪》和《殷本纪》,但西方史界一直拒绝承认,直至清末因甲骨文而发现殷墟,才确证了商朝的存在。至于夏朝,"夏本纪"远不如"殷本纪"翔实,且不乏"天降龙二,有雌雄,孔甲不能食,未得豢龙氏。陶唐既衰,其后有刘累,学扰龙于豢龙氏,以事孔甲"这样的文字,很容易被诟病为荒诞不经。《史记》之后,伪书太多,中古以来的历代史家都需殷勤辨伪,更别说让外国人相信了。不过平心而论,记录历史是中国古老的传统,夏朝绝无凭空炮制的可能,只是按照西方史学的要求,务求实证方能承认罢了。徐旭生便是实证考古学的专家,只不过至今未发现确凿的夏朝文字,故无法从容地应用王国维的"二重证据法"而已。

在京都买到过《徐旭生西游日记》,三册全,为"西北科学考察团丛刊"之一,该团理事会出版,钱玄同题"疑古玄同"。此次西北考察,团长为瑞典著名汉学家斯文赫定,徐旭生为中方团长。该团并不仅仅考察中国西北的古代文化,也有别的目的:如袁复礼在新疆发现恐龙化石,丁道衡在内蒙古发现白云鄂博大铁矿;在古文化方面,最重要的是瑞典团员贝格满发现的居延汉简。日记翔实地记录了西北考察一程，写法虽有流水账之嫌，但巨细靡遗，个别地方也有文学性的语言。徐旭生从小读私塾，旧学过关，但后来在巴黎大学留学六年，回国时正值新文化运动如火如荼，故其语言完全是新式的。日记中也记录了他通信的对象，多是刘半农、鲁迅、胡适等新派人物，还写得"刺刺不能自休"。比如以下文字，完全是新文学作家的派头：

> 我们到的时候，林中止有几株黄叶，曾几何时而多半已成金色！且黄色鲜朗，光彩若可照人。城内也有黄叶，然因空气不活泼，叶不纯黄，即已枯败，所以令人不快。我前好几年，已经感觉到城郊的黄叶大不相同。此地黄叶与北京郊外黄叶之比又几与城郊黄叶之比相当，所以此地黄叶的美丽，绝非蛰处都市的人所能梦见。并且城市的败叶，不能令人赏心悦目，也不是因为它不纯黄。吾帐篷左边各树，不过开始微黄，然其颜色腴丽，亦足令人爱玩。要言之，放叶一观，叶有浓绿，有微黄，有金黄，各色相间。分开来看，各叶有各叶的辉彩；合起来看，互相衬托，绚烂照耀，灿若云锦，真足令人起一种无法名言的美感。我常怪吾国诗人，间或赞叹红叶，而对于黄叶的美丽，从来无人言及。如一提黄叶，辄使人起一种凋落的悲感。我总疑惑他们总是伏处都市，所看见的不出闾井间的败叶，所以感觉如此！如果他们能到真正的自然界内睁开眼看一看，能到像额济纳河这样的地方游一游，他们一定可以恍然大悟，感到秋季的景物比其

他各季的全美丽！归晚餐。月色极佳。立河畔，看见水流汩汩，月光摇摇。对岸林木浓黑，上间白云，凑成另外一种美丽的画图。回头一看，黄叶却完全看不出，好像一种浓绿的叶子上浮月光。自然界中的美景，如有人能领略，岂有尽藏耶！

裁剪下来，便是一篇完整的现代白话散文了。现代白话文虽是从古文脱胎而出，却掺杂了大量的欧化语式和日本汉字词汇，只以徐先生这段文字来看，就丢掉了中国文学固有的含蓄之美。古人写黄叶者颇多，往往三两句便出意境，如纳兰性德的"谁念西风独自凉，萧萧黄叶闭疏窗，沉思往事立残阳"，还没读到下阕的"当时只道是寻常"，便已满口余香了，岂是上面这种现代"白描"所可比拟？

《徐旭生西游日记》，就像伯希和、斯坦因、斯文赫定、安特生的中国西北考古探险笔记一样，本身也可视为学术著作。只不过徐先生这部日记里，除却流水账外，太多这种散文的笔调，偶尔记录一下某团员发现了什么云云，而前者的篇幅远大于后者。如此一来，便使得这部日记有些像纯粹的游记，可与类比的如谢彬的《新疆游记》。而徐先生在日记中也提到了《新疆游记》，说书中记录的回族阿訇享有初夜权是谢彬"瞎说"，他对此感兴趣，"各方面打听，结果是确知并没有这一类的事情"。

《壮悔堂文集》为侯朝宗的文集，共十卷，未收录诗词曲赋。中州古籍出版社整理出版过侯的诗集，近年人民文学出版社又排印了侯的全集。侯朝宗是著名的"明末四公子"之一，是明末活跃在秦淮河畔的明星人物，但当时的明星标准为"出则忠义，入则孝悌，爱宾客、广交游，风流倜傥，冠绝一时"，非当代的娱乐明星可比。当时东南独占文脉，秦淮河畔的风流士人多为江浙人，唯侯是河南商丘人。他后来曾参加清朝的科举，但并未仕清，回乡隐居十年，自署"壮悔堂"，三十七岁病故。他又是清初散文三大家之一，名作《李姬传》是写自己和李香君的情史，但立意严正，非冒辟疆《影梅楼忆语》的"回忆录体"可比。孔尚任的名剧《桃花扇》的结局是侯和李香君双双出家，但新中国王丹凤主演的电影《桃花扇》，却将侯改编成折节投清的汉奸。此电影出版有剧照连环画，我小时就看过，并珍藏至今。因此引导，我一直对侯方域有偏见，不自禁地将其排在"四公子"之末，实际上，在那个绞肉机一样的残酷时代，他的表现已难能可贵了。

这部《壮悔堂文集》，上款题"问樵"，不知何许人。徐是河南唐河人，他之所以题赠此书，可能因为侯朝宗是河南乡贤的缘故。徐先生虽然考古，但气质仍属趋新一类，后来的考古学家多属此类。比如他研究夏史，风格却与研究殷商的罗振玉、王国维大相径庭。我总觉得，不能以旧学为根底，终是不能兼美。但他是考古学的大家，则无疑义。管窥颇嫌不足，若要深入了解徐先生的治学风貌，仅读其出版的作品是不够的，还须求助于收藏界。二〇一九年，西泠印社春拍上拍了徐先生民国陕西考古及西南联大重要未刊日记，以三十四点五万元成交，可惜暌违一面。

收藏界的问题则在于，一入私家之手，则如泥牛入海，再见全凭造化了。

董桥签赠本《白描》

香港的老一代文人已似花果飘零，而今孑遗者，能上承民国风度、下供后辈仰止的，首推董桥。因上海陈子善、深圳胡洪侠等名家力捧，他在内地及香港价重鸡林，风头一时无两。因为受欢迎，签约的牛津出版社不惜成本为他作设计装帧，十几年来出版的二十多种书多是欧风的牛皮精装本，展卷阅读却满是中国气派的古色古香。不仅文字漂亮，样貌更是精致，靡颜腻理、仪态万方，令人一见倾倒。无论是否真的喜欢读书，都会忍不住购归，或插架，或拍照发朋友圈显摆。这可说是最划算的附庸风雅了，不可贸然批评为买椟还珠。

董桥文章最大的特点当然是精致，张炎论吴梦窗的词"如七宝楼台，眩人眼目，碎拆下来，不成片段"，董桥则每一句文字都像座小小的七宝塔，精致得教人只敢屏息凝视，生怕吐口气给弄碎了。但能安排得如此精致，总还是基于一个"博"字。古之君子的一大特征就是博学，如孔子的知识就极为渊博，鲁哀公西狩获麟，无人认识，只有孔子认得，并因麒麟之死而感慨"吾道穷矣"，遂辍笔《春秋》。董桥交游广泛，于格物致知方面，涉猎见识颇广，同时代没几人有他这样的缘分、福泽。

但是前网络时代的"博学"，终究有些时代的悲哀。比如以前李敖最厉害，因为他书多，资料最全，引经据典，谁都写不过他。但网络一出，李敖休矣，再写文章就没什么看头了。近日买到董桥的《白描》，书中有"关于鹤顶红"一文，采用了中国古代的笔记史料，他也咨询了美国友人，却只说鹤顶红是婆罗洲一种"极稀有"大鸟的头盖骨。文中还类举了《褐冠子》的"褐冠"，也说自己查了资料，才知作者是楚人云云。实际上，在网络时代，资料积累日益丰富，这些看似冷僻的知识都不在话下了。如"褐冠"当然是以褐羽装饰之冠，如今这种褐马鸡还好好生活在山西庞泉沟；而那生有鹤顶红的大鸟应指盔犀鸟，生存区域并不限于印尼，中南半岛也有，如今虽已近危，却也不能说是"极稀有"。鹤顶红数百年来都是古玩界常见的杂项，价格高于象牙，偶遇一件，不必大惊小怪。

其实即便孔子，在"博学"二字上，也突破不了时代的悲

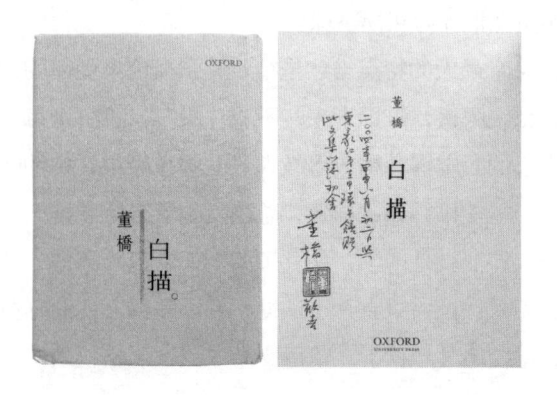

哀。郑和下西洋，给永乐皇帝带回长颈鹿，宫廷画师就画了《瑞应麒麟图》，到现在日本还称长颈鹿为"麒麟"。这是有道理的。刘向《说苑》云"麒麟，麕身牛尾，圜头一角，含信怀义，音中律吕，步中规矩，择土而践，彬彬然动则有容仪"，《汉书·终军传》云"麟角戴肉，设武备而不为害，所以为仁"，《广雅》云"麟者，含仁怀义，行步中规，折旋中矩，游必择土，审而后处，不履生虫，不折生草，不群居，不旅行，不犯陷阱，不罹网罗"，朱熹《诗集传》云"麟，麕身，牛尾，马蹄，毛虫之长也。趾，足也。麟之足不践生草、不履生虫"，可知麒麟的原型动物是一种羞涩谨慎、深居简出的食草类动物，该习性及外貌特征与现仍生活在西非密林中的霍加狓非常吻合，而霍加狓正是长颈鹿的近亲。上古时代，黄河流域有犀有象，应该也有霍加狓的同宗，比如西瓦鹿，它们极有可能就是麒麟的原型。孔子认识麒麟，是因为勤学苦读、好古敏求，他这样的博学君子，若生在网络时代，更不知成就该何等壮观。

内地曾编选出版过《董桥散文》《董桥自选集》等，与香港同步出版董桥著作，则自二〇〇八年的《今朝风日好》开始。后来一本接一本，先由牛津社隆重推出，再由海豚出版社亦步亦趋地跟上。不过，邯郸学步不是容易事。一开始，海豚学着牛津做精装皮面，看似简单的工艺，却总也达不到牛津版那么熨帖舒服。这些年好一些了，但总还是差点火候，不及牛津那么触手生春。

我不知自己到底有没有买椟而不还珠的心理，反正近些年董桥出一本我就买一本。再加上牛津挖空心思、特好显摆，初版诚然美轮美奂，再版竟也能改头换面、别开生面，我都照买不误。比如《今朝风日好》，初版是绿色皮面，再版变成了枣红色皮面；《故事》初版是紫色布面毛边本，再版变为蓝色皮面；《记忆的脚注》，初版绒面，书脊印有一英国藏书票图案，再版还是绒面，书脊图案却没有了，三版则变成了网纹纸面；《字里相逢》初版藏青色皮面，再版却成了枣红漆布面；最离谱的是《橄榄香》，初版是枣红色布面，结果董桥突发奇想要补充几篇文章，于是马上重新印了一版，居然还是"初版"，不过却改为枣红色皮面，他还在"新版说明"中抒发完美主义的满足感——"省得橄榄园的香气飘远了也飘淡了"。

这些都是董桥的"椟"！至于董桥的"珠"，我倒觉得，在牛津社还没为他制"椟"之前，他出的那些外表朴实无华的书，更使人有探骊之胜。不过，因他声名鹊起，这些早年出的书被炒作得更厉害。如他的第一本书《双城杂笔》（香港文化生活出版社一九七七年版），已贵为香港旧书拍卖会的宠儿，在世的中文作家无人可及，我至今都未入手一本。他的《英华沉浮录》，全套十册，明窗社出版的巾箱本，轻便喜人；近年由牛津社重版，变成蠢重的六厚册。千禧年明报社还出版过一套"董桥文字集"，全套十二种十八册，也很耐读。他的一部分著作被牛津社重版，如《这一代的事》《跟中国的梦赛跑》，而《英华沉浮录》、"董桥文字集"等旧版中的文章，也常被他编选在新出版的著作中。这有些像陆游，喜欢反复使用得意的句子，我觉得无伤大雅。

　　董先生最令人心折之处，是他有一种特别的气质。他给人题签新书，喜欢写"十分冷淡存知己，一曲微茫度此生"，这是张充和亲笔写给他的。"张家四姐妹"以充和的人生最为平安幸福，保全了完美的闺秀气质，寿逾百岁才优雅离去。董先生特别倾慕民国女子的气韵，他喜欢看大陆的电视剧，尤其欣赏大陆女明星李媛媛，她去世时，他很是嗟呀了一番。其实他最喜欢李媛媛"盘上发髻"的样子，说"有民国范儿"。至于张充和，更是活生生的民国名媛了，董先生为她的小楷、她的诗词、她的昆曲倾倒得不得了。然而董先生虽曾师从黄松鹤先生学诗，毕竟流传于世的不多，方宽烈编《香港诗词纪事分类选集》和《二十世纪香港词钞》，也不见他的作品，这一点稍嫌遗憾，好在他欧化句式的软文并世无双。

　　董先生的特别气质，有时表现为一种天真的爱美之心。这样的气质，在现代化的香港当然找不到了。《白描》中有篇《一代人的气韵》，如此表达他的审美：

> 　　画家萧惠祥说，1960年秋天他在山西大同街上看到一位很美的妇人，他要求画她，她扭身走了。他一路跟着她走，走过好几条大街小巷，最后跟到那妇人的家："记得有个木栅栏挡着，我硬闯了进去，死皮赖脸地画了她。那妇人皮肤白如凝脂，高鼻梁，如同希腊雕像，脸上简洁极了，没有一丝多余的线条，至今仍记忆犹新。"我看过萧惠祥的线条

画，画得生动极了，每一笔都藏着气韵，那气韵原来是那样死皮赖脸追回来的。

这本《白描》为二〇〇四年的初版本，扉页有董桥的钤章和题赠："二〇〇四年甲申八月初二日与东豪仁弟在中环午膳　赠此文集以志初会　董桥欢喜"。前些天，我请教了刚在炮台山开设"老总书店"的郑明仁先生，始知"东豪"是蔡东豪，香港知名企业的高管，也是有名的财经作家，常见于报刊的专栏主"原复生"就是他，据说他还是梁文道的伯乐。他和董桥的共同特点是"愤青"，中环这顿饭一定吃得很尽兴，挥斥方遒，相见恨晚。

我邂逅此书，是在炮台山地铁站旁边的森记书局。老板陈琁女士早些年从福建过来，在这家书店打工。后老板移民澳洲，将书店交到了她手上，说"你来做老板"。二十多年来，陈小姐没有辜负这番信任，在二手书店纷纷谢幕的年代，这家书店愈来愈像乡野的星光，成为超越时空的风景。她的书店有两大"壮观"。其一当然是书，从庙堂到江湖，从人文到娱乐，从现实到童话，香港这么多年的沉积应有尽有，很多被你选中的书，往往恰好有陈小姐粘附的纸条——"好书！！！"其二却是猫，旧书店和猫固然有某些天然关系，但陈小姐的猫最是壮观，多少年来我从未数清楚有多少只，书店空间逼仄，却是它们的广阔天地、幸福家园，且它们好似和书中的优秀人物灵魂相依，因此一纵一跃，甚至睡姿都充满魔力。所有人都喜欢它们！

森记书局有两个房间，一间卖二手书，一间卖新书，但卖新

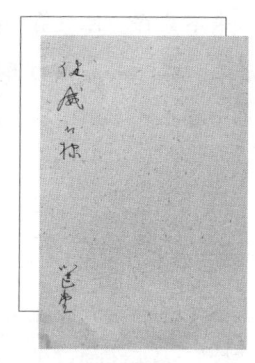

书那边也有不少精品二手书，常标注了"不卖"字样。不过陈小姐偶尔会从内室取一些书给我看，我那伟青书店白皮版梁羽生武侠小说系列（白皮版早于花皮版，是报刊连载之后最早的梁羽生小说版本），大部分都是这样得来的。卖二手书这边有一个小小的橱窗，也陈列着一些好书，尤多名家签名本和初版本，以前还有过金庸二十世纪五六十年代的旧版。橱窗很小，背靠书堆，看中某书，自己是取不出来的，要请当店的伙计帮忙。这些书的价格不会便宜，所以最后都卖给了真正喜欢的人。最近一次从这个橱窗买书，除这册《白描》外，还买到了饶宗颐《画颎——国画史论集》，也是签赠本，上款为"健威仁棣"，不知何人。所费不及《白描》的三分之一，可事实上此书非常难找，我认为价值远在《白描》之上。

然而《白描》也有深沉的价值。如今我心心念念地寻找名家签名本，却在《白描》中看到这样一段文字，不免大受打击：

> 管先生两个月前来电话说他收存了一批五、六十年代大陆出版的连环画册，想卖掉，问我有没有兴趣。我小时候看

了不少小人书，从来不集存。他说有一套《杨家将》是画家胡也佛画的，签了名。我想起美国的王思明，介绍给管先生联系，不久听说几十套小人书都运往美国归思明了。(《胡也佛的女人们》)

读了董先生不少文章，看了他的不少收藏，感觉他最痴迷的仿佛不是书，似乎也不是字画，大概应是精致的工艺，比如铜炉，比如奁匣，比如"椟"。连环画这种"下里巴人"的收藏，应入不了他的法眼。张令涛、胡若佛（即胡也佛）画的这套《杨家将》是连环画的经典，五十年代的版本现在索价极昂，何况还有画家的签名。我辈无缘，只好望洋兴叹了。

徐复观签赠木村英一《增补石涛之一研究》

近日读中华书局新出版的《钱穆致徐复观信札》，前辈学人的风度辞采，令人无任钦仰，便又找出"徐复观全集"之《无惭尺布裹头归·生平》拜读一通。这套书是九州出版社于二〇一四年引进出版的，读后始信，确实"一字未删"。二〇〇五年我本人写的第一本书，便是由九州出版的，当年负责其事的李黎明兄，如今仍在九州。有此因缘，看到这些年九州引进出版钱穆、徐复观、唐君毅、王云五诸先生的全集，不禁颇感亲切和自豪。

徐复观先生的气质，无论与和他并称"新儒家三杰"的唐君毅、牟宗三，还是与钱穆先生相比，都有很大的差异，反倒是与那位"掷地作金石声"的殷海光依稀仿佛，果然他二人的合影也最多。正如他生前预设墓碑上的文字：

> 这里埋的，是曾经尝试过政治，却万分痛恨政治的一个农村的儿子。

钱、唐、牟均出身家道殷实的耕读世家，徐复观却出身贫苦农家,而在《无惭尺布裹头归·生平》中,他不仅毫不讳言这一点,且从历史、文化、政治等多重维度,对中国传统农村大加赞美,呼吁"自由中国的人们,多增加你对农村的记忆,对农民的记忆"。至于政治,更是他一生不曾割舍的情愫。担任蒋介石的核心机要秘书时,他一介参谋,竟能有军事家的自信,敢向蒋直言陈诚不懂军事云云。到了台湾,他戎装收起而笔锋更冷,经常抨击国民党的毛病,还跟孙立人走得很近,遂被开除党籍。他一度避居香港,更能突破禁锢,以超轶于两岸之上"天下中国"的高度,亦步亦趋分析中国的时政。连彼岸的周恩来逝世,他都几次公开表示自己"热泪盈眶",这在当时的政治氛围下,并不容易做到。

如金庸小说,内地迟至一九九四年才有正版,在台湾也被禁三十年。台湾初版时,只因莫须有地触碰了"只识弯弓射大雕"的词句,《射雕英雄传》就被改名《大漠英雄传》。我曾在广州的旧书店买到徐复观的《周秦汉政治社会结构之研究》,新亚研究所一九七二年初版,扉页有孟祥柯的题记:

雨夜访徐公,相谈至欢处,以新著一册相赠,但曰:"为免意外麻烦,不签名。"台湾政治气压逼人到如此地步,实堪浩叹。

孟祥柯是李敖的好友，李敖和胡因梦结婚离婚，见证人都是他。他还有两个笔名——"孟绝子"和"苏念秋"，出版有《绝子绝孙集》《历史的伤痕》《大人物的画像》等，和李敖合著有《万岁万岁万万岁》。他和李敖都是东北人，比李敖更反国民党，曾渴望回大陆"建设新中国"。他和徐复观雨夜长谈，"相谈至欢"，可见徐不是国民党的愚忠愚孝之辈。

不过徐复观先生有哲人的洞悉力，学问绝不循规蹈矩，不似唐君毅、牟宗三辈，非要将中国文化装入"哲学"的窠臼，而多能化繁为简、一语中的。比如他在《刘备白帝城托孤》一文中写道：

> 就政治压迫这一点来说，则专制甚于封建，而极权又甚于专制。例如政治的领导地位问题，在专制之下，某人做了皇帝，他的儿子是太子，可以接着做皇帝，这是为大家所公认，不必另外多费手脚，因而社会也少受池鱼之殃的。但极权政治，是以一个独裁者为中心的政治。即使是在极权国家里，某人可以根据法理取得政治元首的地位，但他的法理并不规定他应当独裁，并且反独裁可以说是人类的天性。所以为了达到个人独裁的目的，只有把国家自然形成出来的各种社会力量，一概打倒，而代替以自己所豢养的走狗型的奴才。社会在此一过程中，便会剥掉几层皮，抽掉几条筋，使社会完全变成一种在奴才统治下的下流的社会。这是在专

制政治中所能避免的。尤其是一个人当了父亲的奴才，未必一定就肯当儿子的奴才，除了极少数的无耻到了极点的人以外。假使在极权政治之下，而仍要"传子"、"托孤"的话，势必又要在自己所养的奴才中干掉一大批，再为儿子养出些更幼稚的哈巴狗型的奴才，方能作用。于是社会在剥了皮之后再剥皮，抽了筋之后再抽筋，下了流之后再下流，这还成何世界？幸而史达林的儿子只当到空军中将……"

这段文字，鄙夷了斯大林，也影射了蒋介石，更显示出他与年轻时的社会主义理想已愈行愈远。

他对蒋介石有忠忱，也多有微词。第一面见蒋，就觉得"威严赶不上陈诚"，后来对蒋的好印象，更多是其"慈祥恺悌"，而非作为政治领袖的威仪。他的老师熊十力，对蒋的印象最坏，蒋曾想资助其办哲学研究所，遭到峻拒。有此过节，且熊与胡适一派的关系很差，故后来没得到赴台邀请，当然熊自己也不想去。唐君毅、牟宗三、徐复观三大弟子都去了台湾，却不敢劝熊同去，私下里却又抱怨国民党方面对熊太不公平。徐复观对老师极其推崇，熊十力在上海凄凉辞世，他比之为"中国文化长城的崩坏"，还曾说过："许多负大名的名士学者，并没有真正的学生，而熊先生倒有真正的学生。"这是极大的自豪感了。

他还赞美熊十力道："凡是真正的儒家，都不能为一般人所了解，而常称为四面不靠岸的一只孤独的船。"此语对他本人也是适用的。徐复观到台湾之初，即不接受党政职务，因著述日彰，被聘为东海大学中文系主任。当时大陆进行了院系调整，原由基督教基金会支持的十余所著名的教会大学如燕京大学、岭南大学、齐鲁大学、辅仁大学、金陵大学、东吴大学等均被拆分兼并，基金会便集中资金在台中创办了东海大学。此校我曾去游览，校园为贝聿铭设计，路思义教堂给人的印象非常深刻。可徐复观先生的东海生涯并不愉快，东海是圣母圣灵庇佑的圣殿，首任校长曾约农是大儒曾国藩的嫡曾孙，亦已皈依基督。徐复观却说："我之所以不当基督徒，不是为了旁的，只是要为中国文化当披麻戴孝的最后的孝子。"这矛盾不可调和，最终他被赶出东海。他后来专门写了一篇《无惭尺布裹头归》来纪念此事，开篇引用了他最推崇的吕留良的诗：

> 谁教失足下渔矶，心迹年年处处违。
> 雅集图中衣帽改，党人碑里姓名非。
> 苟全始识谈何易，饿死今知事最微。
> 醒便行吟埋亦可，无惭尺布裹头归。

《论语》云："志于道，据于德，依于仁，游于艺。"徐复观先生这样的儒生，遵循的是自己的治学轨迹和心路历程，"游于艺"也是重要的表现。他的诗远较唐君毅为佳，唐父母均擅诗，尤其唐母陈卓仙有厚厚一册《思复堂诗》，如此好的诗教，真是暴殄天物了。徐复观在东海大学任教时，写有《中国艺术精神》一书，对中国画发表了很多高明的见解，不过却有"由儒入

庄"的嫌疑。他尤其推崇石涛,专门又写了《石涛之一研究》一书,篇首指出该书的缘起:

> 今岁(1968年)七月初,自港返台,天气烦溽;因思拙著《中国艺术精神》中,尚有元季四大家及石涛《画语录》之两大未了公案,遂执笔试写此文,聊以破暑。

我有幸在京都旧书店买到徐先生亲笔签赠之《增补石涛之一研究》,台湾学生书局一九七三年初版,台静农题书名,黑漆面精装,三十二开,但略窄。此书的名字有点怪,他在自序中说明:

> 前文略探石涛画论的精微;后文颇尽石涛平生的曲折。所以附上《石涛简谱》,合刊在一起,而称之为《石涛之一研究》。

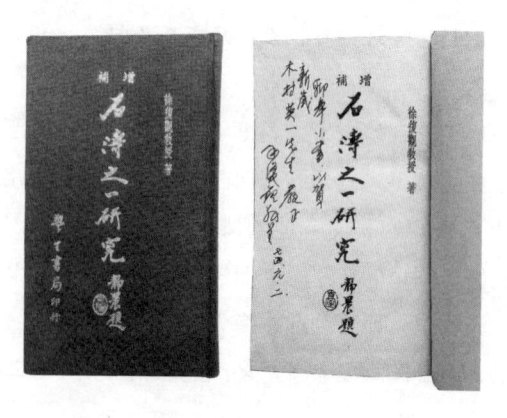

此书扉页有徐先生蓝黑钢笔题赠：

聊奉小书以贺新岁　木村英一先生教正　徐复观敬呈　七四.元.二

木村英一是日本汉学家，与老一代学者铃木虎雄等有交往，略与吉川幸次郎同时，也是京都大学的名宿，研究领域主要为中国思想宗教史。我见过他写给铃木虎雄的信札，字迹工整，却是典型的日本书法，当时得主人同意，也拍照存作资料了。我的财力有限，只能倾力买书，无法旁顾，更何况这种日文信札。徐先生一九五一年赴日本访问半年，与木村英一、吉川幸次郎、宫崎市定等过从一番，可参看他的《东京旅行通讯》。不过《石涛之一研究》考证石涛投札八大山人求画所居之大涤草堂，此札真伪歧出，公案涉及日人桥本关雪、永原织治，而徐先生在增订本中确认永原所藏为真迹。故就教于日本学者，良有以也。

近年入手，还有两册签赠本不妨提一下：一是顾颉刚《古史辨自序》平冈武夫日译本，昭和二十八年（一九五四）东

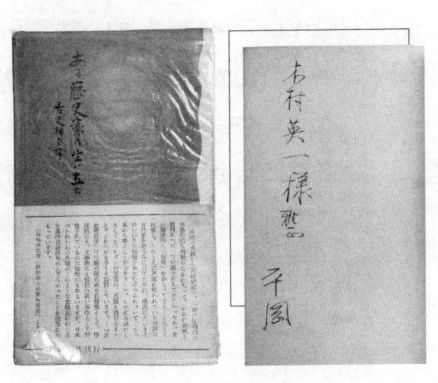

京岩波书店初版，平冈武夫签赠木村英一；二是梁容若《文学十家传》，私立东海大学一九六六年初版，梁容若签赠平冈武夫于台中。当年徐复观离开东海大学，固然因儒家与耶教的不相容，但最直接的原因是卷入同校同系教授梁容若的骂战。当时《文学十家传》获得台湾"中山学术文化基金会"五万元奖金，引起很多人的不满，徐复观、胡秋原均指其在日占期任教于北平，参加过日本的征文，得过日本的奖，所以不配得到"中山"奖金，胡秋原更指出此书中的不少硬伤。后来刘心皇编了一本《文化汉奸得奖案》，把这一论战定格于历史。但论战之下，东海大学中文系的氛围已然如此，徐复观这个系主任干不下去，便挥挥衣袖去了香港。

徐复观先生确是"四面不靠岸的一只孤独的船"，向梁容若开骂权作消遣，哪比得上之前骂胡适、李敖那样来劲。他骂胡适："是一个作自渎行为的最下贱的中国人。"他骂李敖："以胡适为衣食父母的少数两三人……豢养一两条小疯狗，传授以'只咬无权无势的人'的心法。凡是无权无势的读书人，无不受到这条小疯狗的栽诬辱骂。"气得李敖把他告上法庭。法庭判不了这么"复杂"的案子，二人只好约好喝咖啡，庭外和解。只是，他既然如此金刚怒目，为何赠给孟祥柯一本书，都要小心翼翼地说"为免意外麻烦，不签名"！真是费人疑猜。

胡茵梦签赠本《胡言梦语》

尚书吧曾是深圳文化人的稷下学宫，在此常能听到一些高谈阔论，不过，在经历了一场斯文扫地的股东内讧后，近十年来已泯然从众了。内讧之后，沧海桑田，面目全非，我本人只是消费者，却也被激得打出了血光冲天的一拳，从此再不上门。因之略有遗憾的是，从此再难邂逅一些响当当的名人。比如有一次我在中庭的沙发区，瞥见王石和易中天在契阔谈䜩。易中天有当代稀缺的书生本色，王石则是我们这代深圳人的偶像，我便去隔壁的24小时星光阅读栈买了易中天的《我山之石》和王石的《徘徊的灵魂》，托店员请他们签了名。

我虽不才，像这样持书请人签名，生平也只寥寥三两次。其中用力最勤等候最久的一次，是台湾的绝代佳人胡茵梦。当时已改名"胡因梦"的她来深圳妇儿大厦讲"身心灵"的学问，活动的主持人是我的朋友许石林先生。我想起曾在台湾买到一本她的签名本《胡言梦语》，便托许兄代请签赠。讲座我也去旁听了，"女神"已豹变为"女巫"，一位轰轰烈烈仗剑走天涯的新女性，突然要用心灵学问晓谕众生，未免有些云山雾罩喋喋不休，

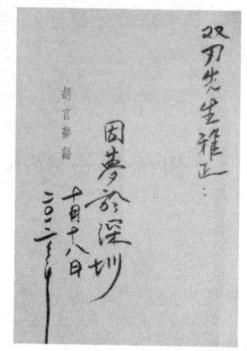

我奇怪她怎不能像禅宗那般气定神闲拈花微笑，教人学其剑意忘其剑招呢？讲座间歇许兄拿来了新鲜的手泽——"双刃先生雅正：因梦于深圳 二〇一二年十月十八日"。合转便是封面，却见一九八〇年的胡茵梦，怀抱一只暹罗，惊艳了三十多年。再看台上重新登场的胡因梦，顿有如茵如梦、兰因絮果、时空穿梭之感，诚非紫霞青霞、慕容燕慕容嫣这般灯芯一体、硬币两面所可比拟。

这本《胡言梦语》是一九八〇年四月十五日台北四季出版事业公司初版，扉页有胡茵梦一九八一年的题字。一九八〇年五月六日她和李敖结婚，八月二十八日离婚，只维持了一百一十五天，却被世人惦记了四十年。此书出版时，她还待字闺中，一九八一年签赠此书时她已成了明日黄花。《胡言梦语》中写到李敖，他们或许是先在罗斯福路混在同一个沙龙，然后才谈婚论嫁的。我还有一册《李敖文存》，也是四季版，初版是一九七九年九月十五日。这册《李敖文存》是台湾老藏家方宽烈的旧物，扉页贴了"白云深处有人家"的藏书闲章，还有方先生一段原子笔题跋：

> 此书考证精密，值得存阅，李敖早期极有才华，因博览丛书，见识广而分析力强。可惜中年后迷于权力，弄势逞强，更陷入政治漩涡，自私自利，所作远不如前矣。

书的封底却印着李敖自己的嘚瑟文字：

> 白话文在李敖手里，已经出神入化。在中国传说中，五百年必有王者兴，必有不世出的人出世，因此李敖说："五十年来和五百年内，中国人写白话文的前三名是李敖，李敖，李敖。"李敖深信，他这一辈子，其他的功德都不算，光凭好文章，就足以使他不朽。

胡茵梦就是嫁给了这样的文字、这样的李敖。她还是个学生时就崇拜李敖，待她已是当红电影明星，李敖出狱，她作为国民党的官二代，却写了《特立独行的李敖》为他声援，此文后来也收入《胡言梦语》：

李敖仍旧是李敖，虽然笔调缓和了一些，文字仍然犀利、仍然大快人心、仍然顽童性格，最重要的，这位步入中年的顽童还保有一颗赤子之心。

李敖大她十八岁，可这个年龄差距，丝毫无碍才子佳人的观感，岂料却成了昙花一现的狗血剧，破灭之后，竟比寻常人家的婚姻还要市侩不堪。离婚见证人还是原来的结婚见证人孟祥柯，签字离婚当日，胡茵梦伏在孟的肩上哭泣："我的偶像破灭了，他本来是我精神恋爱的对象。"其实何止破灭，离婚后，大概心里还是"放不下"，李敖用他最擅长的方式公开"问候"了她很多年，劲爆而且不留情面。但此时此刻，有听众向眼前这位年已花甲的胡因梦提到李敖，她丝毫不以为忤，早已波澜不惊，"女巫"的功力果然了得。

李敖早年的文章，大多以反蒋为出发点。方宽烈所谓的"考证精密"，是因为他坐拥十万册藏书，资料占有无人可及。可到了互联网时代，史料都可搜索，他的优势立失，写文章、上节目，都变得泯然众人。他给文章取的名字总是异常生猛，可视为一种独特的文化营销手法，他赚钱多与此有关。这册《李敖文存》中，有《大慈大悲李敖菩萨》《当年老子如何如何》《纠正于右任幻想出来的一段革命史》等。不仅文章，他出的书，书名一样生猛，如《李敖放刁集》《老贼臭史》《阳痿美国》《你笨蛋，你笨蛋》等。我有一本《臭屎·臭屎·堆》，是李敖的签赠本，题"送给蕙蒙　李敖　一九九〇.十.卅一"。此书考证倒真

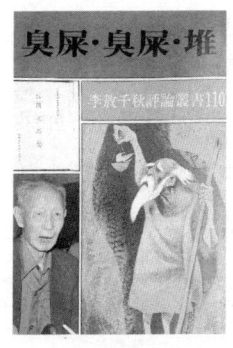

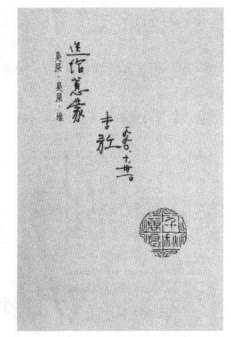

是颇详,但题目一如既往抓眼球,如《公开手淫与公开意淫》等。此外还录了他的七绝十首,皆游戏之作,不合格律。

拥有自己的出版社,用来出版自己作品的,在香港有金庸的明河社,数十年来只印金庸小说;在台湾则有南怀瑾的南怀瑾文化公司,以及李敖的李敖出版社。李敖九十年代以后的著作皆由李敖出版社出版,比如《蒋介石研究》《论定蒋经国》《张学良研究》等,也出版其他人的著作,比如他朋友汪荣祖的《章太炎研究》。

李敖晚年,终于还是露了怯,在胡茵梦生日时给她送了五十朵玫瑰,后来不止一次公开怀念她的美。《色戒》上映,李敖说:"汤唯有什么好看的,我前妻胡茵梦那才叫美。"那是自然!他没有珍惜的胡茵梦,是正红旗瓜尔佳氏,若生在清朝,多半进了皇宫,哪轮得到他这个当代金圣叹。她读的是辅仁德语系,大一就交洋男友,大二就退学独闯美国,男生哀鸿遍野——"从此辅仁没有春天"。她有着逆天的叛逆,在美国毫不客气地赶了"性解放"的潮流。"好奇心满足之后"(语见《猫儿与我》一文),回台湾当了电影明星。她又"赫然发现自己的东方媚眼在银幕上完全是标准的蒙古利亚眼,不但浮肿,而且……显得有点邪门，带着一股色迷迷的感觉"，于是割了双眼皮，再配上三白眼，竟然成全了一张更加绝世独立的脸。因着文艺气质、"游侠"经历，她就有了非凡的魅力。还是李敖说得好："如果有一个新女性，又漂亮又漂泊，又迷人又迷茫，又优游又优秀，又伤感又性感，又不可理解又不可理喻的，一定不是别人，是胡茵梦。"

胡茵梦写这本《胡言梦语》时，正是红得发紫。最早的琼瑶片，她和林青霞都是当家的花旦。可她还拍了一部《六朝怪谈》，取材自《搜神记》"蚕马"故事，是《古墓荒斋》《云中落绣鞋》那样的古装恐怖片。美女拍摄恐怖片，可比拍偶像剧有艺术价值多了。当年为她神魂颠倒者，当似过江之鲫。我便收有一本一九八六年出版的《胡茵梦集》，大红绒布俗不可耐的外封，题"李丹郎编著"，列为"晖园丛书之二十"，也是签赠本，题"桂芸小姐惠存"，书法倒颇不赖。乍一看还以为是胡茵梦的文集，翻来才知是她的影集，但很多照片都模糊不清，或是抓拍偷拍，或辑自海报，旁边配了些不三不四、莫名其妙的诗文，可知不过是痴狂粉丝"自弹自唱"的作品。后附这位李丹郎的"作者小传"，自称"老子第七十四代、皇明永历江夏王第十三代嫡孙"，还说"历许多九死一生大战役，现在过的是陶渊明的生活"，看来是个妄人罢了。

胡因梦写了不少书，译作也不少，但她还是胡茵梦时，只出版了《胡言梦语》一本。在《胡言梦语》中，已时时流露出她不同于其他明星的"思想深度"，比如《星期天不接客》《广慈妇职所的罗生门》同情妓女，《浅谈古玉》《闪亮的新人》展示了她对古董和绘画的鉴赏力，《艾迪亚的生与死》则记录了她的初恋以及她作为驻场歌手的往事，她说艾迪亚这座酒吧是她"成长过程中最失意、最悲观时期的避难所"。更值得重视的是《心灵问题的探讨》一文，由此可看出她有成为女巫的潜质。

　　她与林青霞是同时代的明星，坊间流传有她们携手而游的相片。林青霞息影后也当起了作家，《窗里窗外》《云去云来》都写得清新温雅，连董桥都称赞不已，适合泡上一壶好茶慢慢消磨。她们和郭台铭一样，是在台湾出生的第一代外省人，因来台者大多出身中上，又经历了播迁的淘洗，子女遂被赋予一种难以形容的气质，这在七八十年代的台湾电影哪怕是琼瑶片中，都是历历可见的。不过，她们都赶上了天性张扬的时代，花开两朵各表一枝，林青霞的文章多为演艺生涯的回顾，胡因梦的文章就酷得多了，诚如她把"茵"变成"因"，一个部首之差，女神就变为了女巫，生命就变得不可思议起来。

郑子瑜题记本《郑子瑜选集》

在京都朋友书店买到新加坡星洲世界书局一九六〇年初版的《郑子瑜选集》，目录页有钢笔题记两行："目录1至5页中有√号者为近三年所作之专著。"此书虽无题赠字样，但我识得这两行字迹是郑子瑜亲笔，因这书我还有一本，是方宽烈先生旧藏，尾页被方先生贴了郑子瑜的两封蓝色圆珠笔手札。一是郑子瑜致复旦大学复旦学报编辑部谈关于他《中国修辞学史》一书出版事宜的，一是涂改颇多的草稿，像是由他自己亲笔修改润色的有关他本人的一篇报道：

郑子瑜教授来香港度假
谈日本大中小学师资状况
医科学生须缴费港币百万元
（本报讯）新加坡郑子瑜教授于数年前应邀前往日本东京，任大东文化大学研究院教授，近已任满回新。昨日来港度假。据称，日本中小学教师，都由大学毕业生担任，博士课程毕业生，只能为高中教员或大学助教。欧美学者在日本执教者，都只是讲师职位。

郑教授又说，日本国立大学学额有限，而私立大学学费昂贵，各学系学生平均每人每年须纳学费约港币一万五千元；医科及齿科学生自第一年至毕业共须缴交学费日币五千万圆，约合港币百万元，因为日本政府以为医生对国民保健有益，故特别减少其纳税率，所以志愿进医科攻读的学生特别多。许多大学生半工半读，有的兼任餐馆侍者，有的看顾电梯，有的清早三时至七时派报，然后搭车到学校上课，故学习情绪已大不如从前云。

郑子瑜先生祖籍福建，青年时赴新加坡，亦曾任教于香港中文大学，也算香港的文化名流。他的字迹，在香港不难见到，就是这本《郑子瑜选集》，也影印了他手书黄遵宪的七绝：

高下连云拥百城，一江直溯到昆明。
可怜百万提封地，不敌弹丸一炮声。

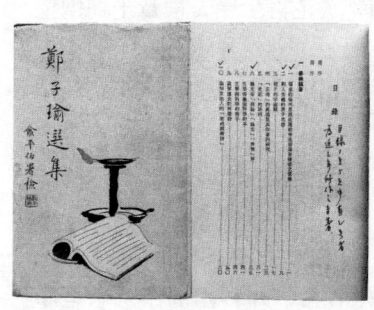

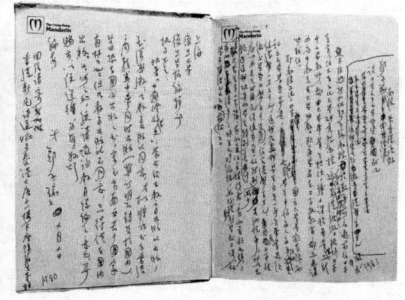

还有他的《诗论与诗纪》，他编辑出版的《达夫诗词集》，书名都由他本人题签，所以我对他的字迹是熟悉的。这两本书，一得自香港，一得自京都，却都有他的手泽，是很妙的缘分。得自方宽烈那本，方先生还贴了一些有关郑子瑜的剪报，如《郑子瑜评议港两学府》《香港郁达夫研究会成立》等。

得自京都的那本，他画"√"者有八篇文章，其中包括《论知堂老人的〈老虎桥杂诗〉》。此文很有价值。周作人晚年与香港友人通信频繁，除高伯雨、曹聚仁、鲍耀明外，郑子瑜也存有周的大量书信，其中一叠诗札尤为重要，是周作人抄录寄来，委托他在海外出版的。他直到一九八七年才觅得机会，交岳麓书社付梓，注明了"郑子瑜藏稿"。我读过古剑的《书缘人间》，写道"没有郑子瑜先生，大概就没有《知堂杂诗钞》这本书，这些诗他收藏了几十年"。

当年解放军没有解放香港，保留了对外联络的一扇窗口，也成全了许多的文化交流。章士钊几番赴港，与香港诗家几番酬唱，最后病逝于港；陈寅恪去世前，《论再生缘》被章士钊携至香港出版（据陆键东说法）；周作人去世后，曹聚仁在香港抱病出版《知堂回想录》，都是香港文化界的大事。郑子瑜也是这段历史的亲历者，他收藏的名人手札，二〇一四年上了匡时春拍，包括周作人八十四通、丰子恺九通，以及俞平伯、吕叔湘、吴小如、陈子善等四五十通，他与内地的交游录大略如此。

《郑子瑜选集》由俞平伯题写书名，并影印周作人亲笔序跋，当时香港作家很少有这样高规格的"待遇"。他与周作人相差三十岁，却早有交集，二十世纪三十年代同为《逸经》刊物撰稿人，且都喜欢黄遵宪。五十年代保持通信，除为周作人出版诗集奔走外，郑子瑜还向周作人寄送物资，其中包括手表等稀缺品，周作人回信写道："国内手表奇缺，欲买者需先登记，尚属遥遥无期，若不在机关办事者欲登记而不可得，至欲买一西国之表自更属难得矣。"投桃报李，郑子瑜任教日本早稻田大学时，周作人向日本汉学名家吉川幸次郎引荐了他，他的《诗论与诗纪》收有《东游诗纪》一篇，记录与日本汉学家的酬唱，在日过得如鱼得水。此外，郑子瑜来信表示想结识俞平伯，周作人则让他不要多生事，这是前辈对晚辈的提醒。但郑子瑜还是让二人的手迹出现在同一本书里，可见他并不太在意周作人的感受。

比起周作人，与郑子瑜交集更深的人是郁达夫。郁达夫的旧诗名噪一时，有很多版本，新亚书店老板苏赓哲的《郁达夫研究》写道："郑子瑜先生、赵寿珍、胡秋原、刘心皇、吴战垒、张秀亚、苏雪林诸前辈都发表过各种独到的见解。"我手中就有六七种，如陆丹林《郁达夫诗词钞》、朱少璋《郁达夫诗注》、刘心皇《郁达夫诗词汇编》，坊间都不易见

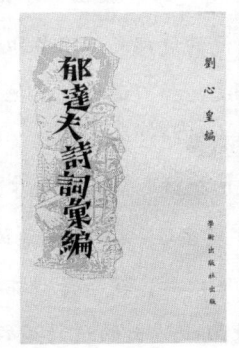

到，其中《郁达夫诗词汇编》是刘心皇签赠方宽烈的。郁达夫生前诗词并未结集，最早版本为一九四八年广州宇宙风社版，编辑便是郑子瑜。此书我也有幸在旺角的香山学社买到一册，我素喜郁诗，当真是珍若拱璧，当时所费却不过十元。

一九四八年初版的《达夫诗词集》收诗九十三首，一九五四年由香港现代出版社增订重版，增加到一百二十首，包括了得自陆丹林收藏手稿的"毁家诗纪"。郑子瑜在《再版的话》中回顾道：

> 一九三六年小除夕，达夫先生到了厦门，看见我的时候，知道我正在辑集他的诗词，告诉我如果辑集竣事，可以寄到台北帝国大学的神田喜一郎教授那里去出版，因为神田也是酷爱他的诗词而且准备印行他的诗词集的。后来我把稿子编好寄去，神田迟迟没有把它出版，可是上海的"辛报"却已经将我编印"达夫诗词集"的消息加以报道，引起了"谈新文人旧体诗"的讨论来了。不久，大和民族所谓的"支那事变"发生了，"达夫诗词集"的原稿也就不知下落。达夫被暗害以后，我深惜旧编之不可复得，于是又从旧书报杂志上致力于达夫的遗诗遗词之搜辑，因为我僻处人

烟稀少的北婆罗洲，既缺少文友的帮助，又没有搜集的便利，所以费了两年多的光阴，只能搜集到了八十余首（原文如此）。几经接洽，才于一九四八年六月得到广州宇宙风社的同意，和我合资出版。

初版仅印了五百册，大多分赠友好，没有拿去卖钱。战后条件艰苦，印刷装订都较粗劣，我手中这一册，字小如蚁，纸黄而脆，虽然全无勾画色污，但书脊全被银鱼儿啃去，好在仅四十页的薄薄小册子，很可掩饰这一缺憾。此书的封面设计显是郑子瑜亲力亲为，书名由他自己题写且落了款，右边不失时机地放上了郁达夫亲笔题赠给自己的绝世名句：

子瑜先生正
　　曾因酒醉鞭名马　　生怕情多累美人
　　　　　　　　　　　　丁丑春日郁达夫（钤章）

这首《钓台春昼》，郁达夫一九三一年写于上海，而郑子瑜初识郁达夫于一九三六年的厦门，虽只是题赠旧句，也足以羡煞旁人了。初版《达夫诗词集》扉页还影印了郁达夫的《游西湖诗》：

楼外楼头雨似酥，淡妆西子比西湖。
江山也要文人捧，堤柳而今尚姓苏。
　　　　　　　　　　　　子瑜先生教正　郁达夫

有此交集，郑子瑜当然更加推崇郁达夫的诗。他有文章《论郁达夫的旧诗》《郁达夫诗出自宋诗考》等，得出结论：

> 平心而论，郁达夫的诗，无论从那一角度来看，都比宋诗要好得多，这真是"青出于蓝而胜于蓝"……

这我就不好置喙了，毕竟宋朝有王安石、苏轼、陆游这些不世出的天才，真要一首首比起来，只怕让达夫在泉下压力山大。

郑子瑜能得到郁达夫、周作人、俞平伯等前辈的赏识，并非仅凭谦恭的态度。他的诗词也写得很好，集名《葂春笺》，附印在《达夫诗词集》中，一九五四年现代出版社印行《郑子瑜诗文集》也正式收录了。中有一首他写于弱冠之年的《移寓白沙湾》：

> 向晚渔舟逐水流，前村微雨后村秋。
> 近来偏喜依山住，为乞青山伴我愁。

这诗被素不相识的于右任看到后，爱不释手，喜不自胜，专门写成条幅寄给他。论写诗，于右任不在郁、周、俞辈之下，论书法，彼辈更是望尘莫及。所以，尽管郑子瑜确实喜欢"显摆"前辈先生和自己的交集，但前辈们眼中确实有他，这便是后生可畏吧。

褚问鹃签赠本《饮马长城窟》

褚问鹃何许人也？第一次国共合作时，褚问鹃是上海执行部妇女部的负责人，是一位妇女运动先驱人物。"四一二"后，她被母校北京大学的代校长、浙江省政府要人蒋梦麟指为"共产党要人"，她丈夫张竞生还因此被捕。但此案的真实原因，实则是大名鼎鼎的"性学博士"张竞生写了一本《第三种水与卵珠及生机的电和优生的关系》（简称《第三种水》），却被那位娶了亡友遗孀的蒋梦麟视为洪水猛兽，他指给张竞生的罪状便是"宣传性学，毒害青年"。当时社会的"主要矛盾"之一，便是新旧观念的冲突。刘海粟使用裸体模特作人体画，因败坏公序良俗被孙传芳通缉。朱家骅提交禁止女子束胸的提案，是中国妇女解放乳房的大功臣，却得以顺利推行。如果问蒋梦麟为何搞双重标准不批评朱家骅，或许是因为中国的传统观念，本来是下半身绝不能露于外人，包括小腿和脚，而上半身本没那么要紧，如唐朝妇女都是袒露胸襟的豪放派，二十世纪八九十年代，农村妇女当众哺乳者并不少见，朝鲜妇女以露乳形象闻名于世。因此，解放乳房委实不算什么，而张竞生发明的"第三种水"却是下半身的东西。

《第三种水》是张竞生创办的美的书店"新文化性育小丛书之一"。此书一九二七年初版,在美的书店被取缔之前,飞快地再版多次,都被抢购一空。这种书比一般禁书更吸睛,用纸又不好,被人们"一日三摩挲,剧于十五女",又经历了破四旧、"文革",坊间流传极稀,孔夫子旧书网只出现过一次。我在青年书局买了不少香港方宽烈老先生的旧藏,其中有此书,却是粗糙的复制本,方先生贴了藏书票"爱莲轩当代史料丛刊",扉页题写道:"张竞生的美的书店因出版这书惹祸被封,张亦被迫离开上海。"

有关性学之书,历来出版不多。前不久发现摩罗写了一本《性爱的起源》,不过当代这个领域的权威还是江晓原和李银河。民国人士,除张竞生外,还有潘光旦翻译蔼理士的《性心理学》和《性与社会》、周越然的《言言斋性学札记》、叶灵凤的《世界性俗丛谈》。但他们的影响,皆不及荷兰外交官高罗佩。他是张之洞的外孙女婿,自称羡慕中国传统士大夫的生活,取中国名,字"笑忘",号"芝台",弹古琴、写诗词、作字画、玩

金石、穿古装，而他用力最勤的领域即是东方的性文化，《秘戏图考》和《中国古代房内考》都在中国一再重版。我买到他在东京刊行的孤本明代小说《春梦琐言》，为编号二百部之一九一部，印有他"吟月庵"钤及"吟月庵主自印本"字样。同时还得了一部手抄本《春梦琐言》，与和刻本《论御》与木活字本《痴婆子传》等草草钉在一起。以我对日本学者笔迹的了解，应为桥本循抄录，但所据版本尚未参详。在收藏界，性文化绝非冷门，高罗佩就是一个热点。

香港的旧书店也常有些离经叛道的书，大多装帧得其貌不扬，题目内容却相当吸睛，如《真本素女经》《敦伦搜秘》《孙子兵法论》《古代采补术搜奇》等。曾在香山学社买到一本《女子贞淫看破法》，回来向人谈起，即被讨去，可怜我还不曾翻阅，如今想起后悔不迭，就像错失了武林秘籍一般。忘年交黄志清老先生研究色情文学，收藏了不少春宫画。他总说慢慢来不着急，他的收藏最终都会转让给我，孰料他遽归道山之际，我却无法赴港，自是天人永隔。他的收藏也悉数捐赠与香港大学，这当然是更好的归宿，但对我而言，毕竟也是莫大的遗憾。尤其我们曾约定同赴日本访书，他说会给我介绍很多新朋友……藏书家是别样的人生，有外人看不懂的精彩和悲伤。

张竞生获誉"性学博士"，是因为主编出版《性史》。他当时是北大教授，开课讲性学，教室总是挤得水泄不通，胡适的课程算是热门，跟他比可就冷清得多了。《性史》并不是张竞生自己写的，而是公开征稿的合集，其中第一篇就是褚问鹃的《我的性经历》，署"一舸女士"。她将自己从少女时代开始的性经历巨细靡遗和盘托出，尺度之大，令人瞠目结舌，而张竞生为此文所写的按语，尺度之大亦不遑多让。其实当时他们已经同居，真是珠联璧合的一对。

我在香港万有书店买到张竞生的《浮生漫谈》，香港三育图书文具公司一九五六年初版，捧读极有味道。他说自己经济极为优裕，编辑《性史》既不为钱也不为名，而是从蔼理士那样的科学证据出发，以性交自由的实践打倒旧礼制，使中国人获得美满的婚姻。这种观点当然被视为洪水猛兽，因此他的《性史》第二集就出版不了，只好取消。但冒名顶替的第二集很快风行于市，后来更有了三集四集直至十集，其"罪名"全都加在了张竞生的头上。再加上潘光旦、周作人等说他是"伪科学"，所以他的日子愈发不好过了。

《浮生漫谈》的半数文章，都是回忆自己在欧洲和中国的艳遇，尤其留学欧洲时的文字，如《和瑞士女郎的情爱》《恨不敢娶欧妇》犹如画了一幅又一幅的伊甸园，不免让中国读者心摇神驰。他本是同盟会时期的革命干部，民国初年公费留欧，彻底放飞了自我，享用了"长达八年的快意人生"。但论人生经历的精彩，褚问鹃并不逊色于他，出身江南书香门第的她，十七岁时因不满包办婚姻，独自一人远赴山西阳高县当教员，又受到了当地小军阀的骚扰。时在北大当教授的张竞生听说了她的事迹，顿时引为生平知己，主动伸出援手，将她接到北大读书。不久二人在什刹海同居，生有一子，之后几度纠缠，最终分道扬镳。

张竞生和褚问鹃,是把隐私袒露得最为坦诚的名人。张竞生对褚问鹃又气又爱,在回忆录《十年情场》里写道:"我的情妇褚某,忽然离开我去寻觅他的旧情人,放下一个只二三岁的小孩,啼啼哭哭使我在此时对于女性的无常,生起了极大的恶感。"于是他公开发表文章揭露她的虚伪,连自己都觉得"此文太过恶毒"。可是,当褚问鹃在外折腾累了忽然又回来,他当时经济拮据,仍给予她完全的接纳,倾力著述来养她,所以竟能和好如初。以及当他后来再度赴欧,被洋情人爱上,却"终不想带法国情妇回中国,因为那时我尚有褚女士的萦恋"。可见他未必仅是个放浪形骸的浪子,也不是自由主义,而更像是一位知行合一的思想者、实践者呢。

褚问鹃签名本我有三种。《饮马长城窟》《往事漫谈》都是回忆录,均出版于张竞生去世后,即用"漫谈",难说不是

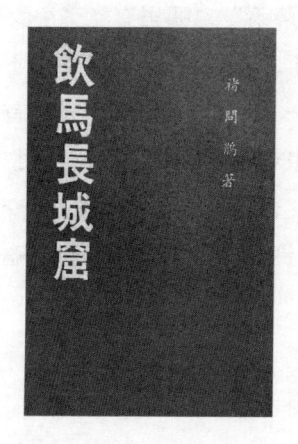

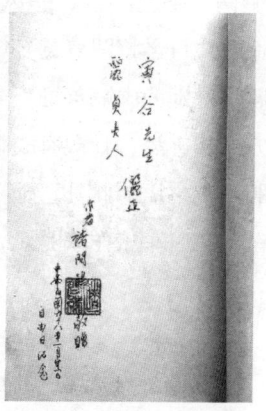

对张《往事漫谈》的回应。《禾庐文录》则是她的文言文集，内收《读颜李丛书后》《明夷待访录管窥》《书壮悔堂集后》等文，终不辱没嘉兴望族的出身和家风。这三本书皆由褚问鹃亲笔签赠给"汉升、丽贞夫妇"，据她《往事漫谈》附录之《烬余吟草》，可知这二人为重庆干训团时的同事苏旭升及其夫人黄丽贞，也是诗家，时居香港。二〇一九年在新亚书店旧书拍卖会上拍这三本书，无人问津，我却高度重视，所费虽廉，却深以为幸。她在台湾尚出版有另一自传体的回忆录《花落春犹在》和杂文集《烬余集》，以及为父亲褚成钰刊行的诗集《复益草堂诗存》，暂时无缘收得。

读了她的文字，深觉她和张竞生实非同路。张竞生早就远离政治，笔下对政治人物多有不屑。她却一生投身军政，回忆录中时时表达着对军政长官的钦仰之情。其实她在山西阳高任教时，就常去城外汉高祖白登山之围的遗迹徜徉，写有《吊古战场》一文，所谓"暮色四合，悲风萧萧"，哪里有丝毫小女子的情状。她追随抗日名将罗卓英多年，最是崇敬有加，罗亦不以女子视她，题词称她为巾帼英雄，一九五五年端午节赠她一首诗，有"忽然方寸起奔涛，廿载真成患难交""苍茫未觉乾坤窄，濩落还应肝胆豪"之语。此外，她在台还和谢冰莹、苏雪林交好，尤其谢冰莹一向以军旅作家驰名，遂更有知音之慨。她有赠给谢冰莹的诗：

当年易弁赋从军，耀眼彤毫记远征。

自此英名腾宇内，五洲冠盖一时倾。

差不多同时，在广州的张竞生把《浮生漫谈》书稿交给朋友带到香港出版，并亲自写了短序，表示："我自有一个中心的主张，即是痛快地生活，情感地接触，愉乐地享用。"这在当时的大陆，固然是凤毛麟角的存在，而他和褚问鹃，已不啻云龙井蛙之别。

顾廷龙签赠吉川幸次郎《古匋文舂录》

东京光和书房收得近重真澄和神田喜一郎的旧藏，多有中国前辈学人的手泽，其中最重要的是王国维的题跋本明版《大诰》和签赠本《壬癸集》《蒙古源流考》，《壬癸集》此前我已有专文记之。此外还有一些珍贵的签赠本，如曾毅公《山东金文集存先秦编》、沈尹默《秋明集》、马君武《马君武诗稿》、顾廷龙《古匋文舂录》等。我已多次向吴忠铭兄预订这些书，情关割爱，迄无确复。因等不及，我便先为顾廷龙这本书写小记一篇。

《古匋文舂录》是顾廷龙先生的成名之作，一九三六年由国立北平研究院石印刊行，封面和扉页分别由马衡和王同愈题签，闻野鹤手书序，正文和自序由顾廷龙手书上版。"古匋文"即古陶器上的铭文，晚清收藏之风较前代更炽，青铜甲骨兴起之外，尚有古匋，陈介祺所藏最多，潘祖荫、吴大澂次之。而顾廷龙此著，所据资料主要来自周进、潘承厚两大藏家的拓片，他摹录字形并加以考释。周进是周馥之孙、周学熙之侄、周叔弢胞弟、周一良之叔，潘承厚为潘祖同之孙、潘祖荫侄孙、潘景郑之兄，都是财丰学厚的收藏世家。顾廷龙随周一良参观了周进的藏品，潘承厚则是顾廷龙的妻兄。藏家们虽多作拓件，却对匋器尚缺乏整理研究，有之，则自顾廷龙此书始。

当时顾廷龙在燕京大学图书馆工作，这是应馆长洪业的邀请，具体负责图书采购。对于他这样一个嗜好藏古之人来说，这是最肥的"肥缺"了。所以当顾颉刚告知他洪业的邀请时，他极为兴奋。顾颉刚虽长顾廷龙十一岁，却是他的族侄。其时顾颉刚准备研究《尚书》，邀他相助，具体参与《尚书文字合编》的研究工作。据沈津《顾廷龙年谱》："顾颉刚与先生从事《尚书》之学时，正值日本京都大学东方文化研究所有《尚书正义定本》之纂辑，先生得与吉川幸次郎、平冈武夫等日本学者相往还。"这本《古匋文晷录》，顾廷龙以朱笔作大篆题赠："善之先生教正 廷龙 中华民国廿五年七月"。"善之"为吉川幸次郎的字。

吉川幸次郎是日本最著名的汉学家之一，他于一九二八年至一九三一年留学北平，发出"中国天生是我的恋人"的感慨，以至他在中国游历时，常被误当作中国人，而当他回日本后，有

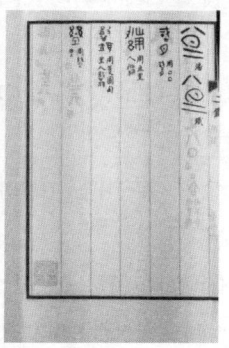

一段时间身穿中国长袍，以"贵国"称日本，以"我国"称中国。我在京都有幸收到他一些签赠本：

签赠贝冢茂树《中国の知慧》新潮社一九五〇年初版（署"幸次郎"）；

签赠平冈武夫《中国と私》细川书店一九五〇年初版（署"善之"）；

签赠内田吟风《人间诗话》岩波书店一九五二年初版（署"善之"）；

签赠青木正儿《陶渊明传》新潮社一九五六年初版（署"幸次郎"）；

签赠平冈武夫《陶渊明传》新潮社一九五六年初版（署"善之"）；

签赠青木正儿《西洋のなかの东洋》文艺春秋新社一九五六年初版（署"幸次郎"）；

签赠贝冢茂树《吉川幸次郎讲演集》朝日新闻社一九七四年初版（署"幸次郎"）。

日本循中国传统礼节，赠呈比自己年长或地位高者，应署名字；赠给同辈、晚辈或相好的友人，可署字号。不过也并非必然如此，比如吉川幸次郎和贝冢茂树就是同年。

此外，我还收得吉川幸次郎旧藏古籍一部，是康熙四十一年（一七〇二）席氏琴川书屋的写刻本《唐诗百名家全集》，扉页题记"癸亥岁仲春购于金阊席氏之肆"，钤"吉川幸读书记"。金阊在苏州，癸亥是一九二三年，其时吉川幸次郎虚岁二十。他晚年的《我的留学记》，专门写到上大学之前，到中国江南游历了二十多天，印象极佳，还特地感慨苏州的美女——"原来如此，竟有这么美的人"。时间地点都恰好契合，可知此书便是这次游历时的收获。此时他的书法还很稚嫩，与后来大相径庭，《我的留学记》写到他最佩服的中国学者是黄侃，他和黄侃笔谈，黄侃说他的笔意很"古"，还拿出一个扇面请他题字。多年后黄侃的弟子潘重规告诉他，此扇面黄侃至死都保存着。我有他两页手迹，是抄录琉璃厂来薰阁书店老板陈杭关于重刊日本藏本《新刊全相成斋孝经直解》的跋文，信封却是陈杭亲笔，寄与平冈武夫，题"内孝经跋文一页请校正"。一九五一年，中日之间音讯断绝，他写了回忆文章《来薰琴阁书店——琉璃厂杂记》，直言："陈济川，是我最想见的中国人之一。"他如此喜欢陈杭，想来陈杭那封信的原件，是被他向平冈武夫讨了去了，并工整誊录一份作为替换。

顾廷龙与吉川幸次郎的交谊后来还有续篇。《顾廷龙年谱》记载，一九六三年顾廷龙随中国书法家代表团访日，十二月八日晚刚到京都，便被告知吉川幸次郎、平冈武夫"均欲与先生相晤。先生闻之喜甚。夜不能寐"。十一日，在正式接待宴会上见到吉川幸次郎，"见平冈先生，又见吉川先生，二十年未见之朋友，吉川赠《知非集》。宴会开始，吉川陪陶白座，平冈陪先生座。酒半，两人换座相陪。吉川告先生，已读完《元诗选》全部"。

可是，同为久别重逢，顾廷龙与平冈武夫的"契阔谈宴"却热闹密切得多。据《顾廷龙年谱》，十二月九日，见平冈武夫，"午后至织锦厂，平冈先生在厂内相候，快获良晤"。十日，"出赴人文研究所，见平冈及所长森鹿三先生，又见薮内清、藤枝晃先生、小野和子女士、贝冢茂树夫人等。……平冈赠该所所藏目录二册……晚观剧。平冈又来赠《文选索引》两册，并告先生五十年代与王煦华合作注释的《汉书选》，他买了六十册，即用作课本以授学生，并云此书较为重要。"十一日，在正式接待宴会相见。十二日晚，"八时平冈、小野夫妇及岛田来访"。十三日上午，顾廷龙离开京都。沈津《伏枥集》写到顾廷龙随团访日，配上了顾和平冈武夫二人坐在京都博物馆前石凳上的合影。综上可知，顾廷龙在京都，与平冈武夫频频见面，考虑到当时的外交禁忌，实在难能可贵。反观与吉川幸次郎的重逢，则显得寡淡多了。其实吉川幸次郎在一系列回忆文章中，也均未写到顾廷龙。

《顾廷龙年谱》记载，一九三八年三月二十日："访日本学者平冈武夫，出示林之奇《尚书全解》第卅四，丁杰校。'此书前年在东来阁见过，因《通志堂经解》粤本已刊入，故未收，末附丁辑附录。今覆阅之，甚有用，即假归传录，深悔当时之不应放手也。又焦里堂批阎氏《尚书疏证》，余曾在富晋见过，索价廿余元，力不能办，既系为群玉购去转售他人，今又为平冈得矣。'"书缘端的妙不可言！丁杰校本《尚书全解》第三十四卷和焦循批阎若璩《古文尚书疏证》这两部书，有幸流转到区区在下手里，均有"平冈藏书之记"钤印，正是那一日顾廷龙艳羡平冈武夫的旧物。

丁杰即丁锦鸿，浙江归安人，是乾隆修四库时最重要的校雠官之一。因工作之便，他可将外界难见的珍本携出抄录，也常从琉璃厂借抄珍本以补四库。宋人林之奇的《尚书全解》第三十四卷"多方"久佚，丁杰从琉璃厂五柳居书肆看到，知是《永乐大典》本，遂借出抄校，连大名鼎鼎的刘台拱都凑了热闹。不过丁杰抄校之后，同仁争相借抄，致副本不下数十份。他第一手的抄本有亲笔跋文，今藏上海图书馆，我藏这一册，则是他的弟子金绍纶旧藏，有"丁杰之印""大兴金氏绳斋藏书之印""金绍纶读过"钤，抄录者手迹则与一手本完全一致，应为丁杰在首次抄校后再次誊录，而旁批为金绍纶笔迹。书后附订《附录》数页，署"归案丁杰辑"，钤"子山金氏手钞"，是金绍纶抄录丁杰之作，但楮间又有丁杰的数条旁批。可知此书的珍贵程度，殊不亚于上图所藏那一本。

焦循批阎若璩《古文尚书疏证》，则是康熙眷西堂原本。阎若璩是山西太原人，自小客居淮安，"眷西"者眷恋山西也，是他家的堂号。他用三十年写出《古文尚书疏证》，此书一出，古文尚书之伪得到确证，故是尚书学史上最重要的著作之一。焦循原藏及批校的这一套,为初印毛装,有焦循"焦氏藏书""半九书塾""焦循""焦循阅""理堂"钤,更难得的是有焦循的两处题跋和继藏者丹徒人庄械的一处题跋。焦循题跋其一曰:

> 阎百诗之于《尚书》,惠定宇之于《易》,竭终身之力而为之者也。乃惠之《周易述》则自"升"以下全缺,其《易例》亦未成之书。百诗此作,一百廿八条,所缺二十九,吾不知两君更有何不暇而不自牢其业。甚矣学之难也。嘉庆戊寅十月初一日灯下里堂偶笔。

其二曰:

> 嘉庆辛未八月中秋日里堂老人阅,是日雨无月。戊寅十月初七日灯下阅终,嫌其丛杂不成体。焦循里堂甫识。

这些年游历京都,颇得平冈武夫旧藏,其中最值得关注的是他的批校本,除《尚书古文疏证》,批注条数较多者尚有:

《古文尚书撰异》道光元年(一八二一)七叶衍祥堂刊经韵楼丛书本;

《困学纪闻注》道光五年(一八二五)余姚翁氏守福堂家刊;

《古文尚书马郑注》光绪庚辰(一八八〇)绵竹墨池书舍刊;

《朱子年谱》光绪九年(一八八三)武昌书局校刊;

《子思子》光绪二十二年(一八九六)江阴南青书院刊;

《横阳札记》民国壬戌(一九二二)南林刘氏求恕斋刊。

其中段玉裁著《古文尚书撰异》是"经韵楼丛书"中的数册,整套四函三十六册大部头,仅这数册有他的"批校",却分朱、墨、绿三色,琳琅满楮,蔚为壮观。他的书法在日本学者中最有汉风,工整小楷,不让中州士大夫。《古文尚书撰异》首册封面,他用朱笔题写:

> 段懋堂古文尚书撰异原稿(缺虞书),原当八册仅存六册。此尚书而缺虞书中,多玉裁案。疑段氏未成之稿,乙巳二月得之苏州高道人。懋堂有古文尚书撰异三十二卷,此不知是其不全稿本否?检皇清经解校对即是此本。

但"批校"多有"段氏自改""玉裁案""系臧氏手笔应用绿笔""钱""龙案""廷龙记"等,可知"批校"实为过录诸前人批校,故分色以别。但确亦有平冈武夫自己的批校,其中一条另贴签条,以朱笔记云:"所云无锡人谓钱泳也。泳著有履园丛话。吉川先生云。"可知他在过录这些批校时,曾与吉川幸次郎商榷。

查《顾廷龙年谱》,顾廷龙于一九三五年向著名银行家、藏书家叶景葵借得段玉裁、臧庸手批之《古文尚书撰异》原稿。这一时期二人鸿雁不断,此书是重要话题,大抵是顾廷龙过录速度较慢,一再向叶氏解释,而叶氏一再表示无妨,但又云"弟购买是书,以臧、段两贤手迹稀如星凤,故郑重保存之",显然珍视至极。而顾廷龙复函"久假不归，虽海涵不以相责，而私衷抱疚，若芒刺背"，亦是极为真实生动的情感流露。据1938年9月28日叶景葵致顾廷龙函，确认此书"早已收到"，是已完璧归赵。另据叶景葵《卷盦书跋》：

> 余初得此书，审定《甘誓》一至九页，《盘庚》上中，及书中臧在东签注各条之十九为刘端临所书。继又审定《禹贡》廿五、廿六、廿七、廿八、廿九页，及《吕刑》十八末条后，朱笔加注，是懋堂先生（即段玉裁）所书。是此为《撰异》原稿之副本无疑。钱竹汀签注各条，未详何人所录。但与正文修改朱笔是一手所书。可证其由正本迻写者。
>
> 《拜经堂文集》刻《诗经小学序》云："段君自金坛过常州，携《尚书撰异》来授之读，且属为校雠，则与鄙见又如重规而叠矩者，因为参补若干条。刘端临训导见之，谓段君曰，钱少詹签驳多非此书之旨，不若臧君笺记，持论正合"云云。端临与此书之关系，可以此序文作一旁证。

因此我手中这套，显然是顾廷龙将叶景葵所藏段玉裁原稿副本过录一遍后，平冈武夫又向顾廷龙借得，在自购的"经韵楼丛书"本《古文尚书撰异》也过录一遍。因其中有段玉裁（懋堂）、臧庸（镛堂、在东、拜经）、钱大昕（竹汀）、刘台拱（端临）四位清朝经学大师的批校内容，再加上顾廷龙和平冈武夫两位杰出后彦的赓续，亦足以傲世独立了。至于叶景葵所藏原本，应该随合众图书馆一并入藏上图了吧。

日本的"中国学"历来分东京、京都两大学派，东京学派与欧美汉学相通，京都学派则更重中国本土学术传承，其重要创始人内藤湖南就出身儒生世家，而段玉裁是最为京都学派钦仰的前辈学者，不要说平冈武夫这样矢力治经的儒生，就是吉川幸次郎这样以中国文学为主要研究方向的新型学者，也一再表达对段氏的推崇。这种精神世界的互通共享，是顾廷龙与日本学者交往的重要基础，而平冈武夫侧重经学，正是他与顾廷龙交往更密的内在原因。《尚书》便是他们交往的具体媒介！平冈武夫翻译过属上古史范畴的顾颉刚《古史辨自序》，我有一册，是平冈武夫签赠木村英一的。我还收有顾颉刚的高足刘起釪签赠给平冈武夫的三种著作：《尚书学史》《尚书源流及传本考》及顾颉刚讲授、刘起釪记录的《春秋三传及国语之综合研究》。

一九六三年，顾廷龙先生访日回来后表示："在东京大学和京都大学人文科学研究所，有我卅年前相识之人，因其不是书道中人，而他们的单位又受美帝的补助，我本来不打算去找他们。后来，我们一到京都，就有人来说，某某两人都要来会面。后来，参观他们单位，赠送书刊，热诚招待，也出于我原来所想。又在所见的人中间，斥责军国主义的罪行，不赞成现在政府甘受美帝控制。我才认识到日本人民和过去侵华的日本帝国主义分子是有区别的。"这段话很可解释，为什么顾廷龙笔下文字以及沈津《顾廷龙日记》对这种中日交往记录很少，如顾廷龙和平冈武夫互相借阅抄录珍本，就找不到当事人的记录。可是要知道当时正是日本侵华时期，像平冈武夫借抄《古文尚书撰异》，已是日本占领北平的一九三八年，这种夹缝中的纯学术交流，顾廷龙当然不敢作任何记录，平冈武夫想必也不想给朋友惹麻烦。事实上，一九三九年七月，顾廷龙便离开北平去了上海。

平冈武夫真是一位醇正的经师，我手中还有一册他的《经书の传统》，一九五二年东京岩波书店初版，扉页题"平冈改订用"，正文以钢笔、铅笔作了不少校改，还另贴了一些签条作为旁批，实在一丝不苟。他的硬笔书法较毛笔更为潇洒从容，虽多日文，我却始终感觉与这位时空交流的前辈徜徉在同一文化国度。我想，顾廷龙先生的感受或许也是如此，那二十多年后在京都的重逢，想来必是美好如初的吧。

辜鸿铭签赠本《尊王篇》

在老友黎锟的长沙述古书店买了两种书。一是《美国国会图书馆中文古籍藏书钤印选萃》，这是藏书人都重视的工具书了。二十世纪六七十年代国内民间收藏古籍命运坎坷，美国的图书馆大量收进，多由香港书商转手卖出，如徐炳麟的万有公司就专作这门生意，号称只要美国人提出书目，就没有找不到的书。二是台北松荫艺术精心策划的《文学的记忆》，收录了董桥、林文月、陆灏、扬之水、赵珩、陈子善、王安忆等当代名家的手迹和书话小品，还不忘礼敬胡适、周作人、俞平伯、台静农、溥儒、高阳、周梦蝶、张充和、余光中等新老前辈。我很少买新书，之所以"斥巨资"买这本《文学的记忆》，是因为此系"特展限量版"，有董桥、陆灏、扬之水、赵珩、陈子善、王安忆、白谦慎、郑重、周克希、郑培凯、李纯恩等十一位作者的亲笔签名和钤印，据说扬之水只签了一部分，十一人签全的相当有限。

书当然印得图文并茂、赏心悦目。譬如董桥的书房名"旧时月色楼"，这"旧时月色"是俞平伯手书，本来却是苏州虎丘冷香阁的匾额，后由朵云轩刻在金丝楠木上，寄到香港董先生手里。再如书中比比可见的董桥的蚕眠小笺，有人说"半隶半楷，五分何绍基，三分倪元璐，两分台静农"，我却总觉得有几分神似褚德彝，刚巧也是题跋圣手。陆灏的簪花小楷，却抄录了王安忆的小说，竖版繁体，竟成无伤大雅的组合。要是再翻到周作人《日本的米饭》手稿，顿时日本大米那种晶莹剔透、香气氤氲的观感和味觉，一时涌上了心头。

蓦然扑入眼帘的，却是林曦《绘林文月〈饮馔札记〉》，在这美轮美奂的书里，得与董桥、赵珩、陆灏们揖让进退，是雅事也是难事。我前些日还和香港的林曦兄寒暄，他刚入职某头部金融机构，与我颇有业务和人脉的交集。他是新锐香港藏家，从海外旧书网站上淘得不少好书，尤其是中国近代名人的手泽。二〇一八年，他得了辜鸿铭的签赠本《尊王篇》，那一天他在朋友圈晒了图，写道：

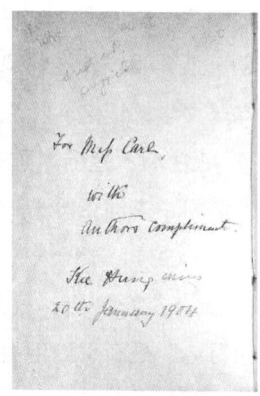

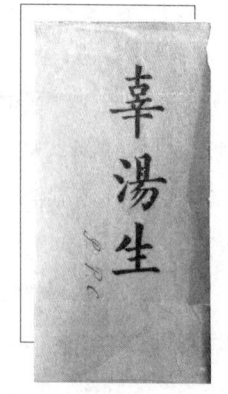

今天收到的辜鸿铭签赠本，本想作为二〇一八猎书最好的收获，结果快递整整走了十五天。也好，一举提前完成了今年任务，匆得拙诗一首：

当年花果自飘零，尤物移人到眼青。
名刺宛然名教死，典型何在典文灵。
焚香拜拜皆余事，沐气熏熏喜未经。
从此相随耽枕榻，慧光存续一微萤。

清朝及以前的藏书家多是文人官员"两栖明星"，近代藏书家则至少是文人，诗词不在话下。近代以来，情况越来越不妙，那些不堪回首的岁月不提也罢，即便本世纪以来，藏书家多不能诗，写文章也不过蟹行文字，做个记录工具而已，毫无旧时月色的美好了。像林曦兄这样古今交陈、中西合璧的，怕是凤毛麟角的存在了。辜鸿铭的这本"尤物"好比海外遗珠，此番确是找到了好的归宿。

"海淘"好书是淘书界的时髦活儿，十几年前互联网早期时代，有人从美国网站买到张爱玲的签赠本，或从日本雅虎购得汪系人物的故什，都并不稀奇。像辜鸿铭这样百年前在海外影响巨大的"顶流"人士，当然有不少手泽流布欧美。他的世界声誉首先来自英译《论语》《中庸》《大学》，在欧洲引起巨大反响。而他的名著《中国牛津运动之内情》（又名《清流传》）和《春秋大义》（又名《中国人的精神》），都以英文写就。他号称有十三个博士学位,大清翰林蔡元培留学的德国莱比锡大学,正是他的母校,他后来进入北京大学并服膺蔡氏,渊源实在于此。

一九〇一至一九〇五年,时为张之洞幕僚的辜鸿铭在横滨的《日本邮报》以英文分五次发表了一百七十二则"中国札记",宣传中国文明,要在文化上"尊王攘夷"。《尊王篇》即其中一部分,一九〇一年在上海出版,英文名 *Papers from a Viceroy's Yamen*(意为"来自总督衙门的论文"),副标题 *A Chinese Plea for the Cause of Good Government and True Civilization*(意为"一个中国人为中国的良治秩序和真正文明所做的辩护")。"尊王篇"三字则由赵凤昌题写,就是那位因张之洞极度信任而传出断袖绯闻,被谑"两湖总督张之洞,一品夫人赵凤昌"的杰出幕僚,在"东南互保""南北和谈"中均发挥了至关重要的作用,却被历史严重低估和淡忘。此书出版之际,辜鸿铭被清朝赐予进士身份,至清亡前,他已官至外交部侍郎,从二品。《清史稿》为辜鸿铭立传,专门提及:"辜氏以英文撰《尊王篇》,申大义,列强知中华以礼教立国,终不可侮,和议乃就。"这指的是庚子之难后与列强的和谈,这真像是文人一枝笔胜过百万雄师的神话。

辜鸿铭中文著作不多,他在张之洞幕中曾专研《易经》,自号"汉滨读易者",室名"读易草堂"。罗振玉为他的《读易草堂文集》作序,写道:

我国有醇儒曰辜鸿铭外部,其早岁游学欧洲列邦⋯⋯

返国,则反而求之我六经子史……庚子都门乱作……国事危急,君乃以欧文撰《尊王篇》……甲午战后,海内士夫愤于积弱,竞谋变法以致强,相见辄抵掌论天下事,汲汲如饮狂药。而君则静谧,言必则古昔,称先王……

《读易草堂文集》刊于一九二二年,当时辜鸿铭和罗振玉都尊奉紫禁城里的逊帝溥仪。这书我有一册,分内外篇,共十二篇文章,纸白如玉,雕工、字体、版式酷肖直隶定州王氏"畿辅丛书"。我一句话总结他的文章,可谓"把中国写得像西方,把西方写得像中国",《中国牛津运动之内情》把翰林院比作中国的牛津大学,《读易草堂文集》中"西洋礼教考略""意大利贤妃传"这样的文章,题目令人会心一笑。文集亦收录了"尊王篇释疑解祸论",解释庚子之乱深层原因,无数次深情呼唤慈禧"皇太后",当然会让人想起《尊王篇》的第一篇文章《我们愿为君王去死,皇太后啊——关于中国人民对皇太后陛下及其权威真实感情的声明书》。罗振玉拍案誉之"虽贾长沙复生不能过是",只怕是情感多于理智。

一直以为辜鸿铭和厦门大学老校长林文庆一样,擅长翻译,但不能作汉诗,后来发现《北洋画报》曾刊登前广东水师提督李准手书辜鸿铭译诗《英国壮士词》和《德国从军辞》,前者为五言,仿"汉乐府",后者为四言,"仿诗三百",可见他是能诗的。兹录于下:

上马复上马，同我伙伴儿。命轻重意气，从此赴戎机。剑柄执在掌，别泪不沾衣。请谢彼姝子，艳色非所希。岂似同里儿，喁喁泣且悲。名编壮士籍，视死忽如归。（《英国壮士词》）

　　击鼓期锵，胡笳悲鸣。爰整其旅，夫子从征。英英旗旆，以先启行。我心踊跃，跃跃我情。赠我战衣，与子从征。出自东门，我马骙骙。遏云其远，与子同行。爰居发处，强敌是平。乐莫乐兮，与子同征。（《德国从军辞》）

但对于他译诗的水平，他北大的学生梁实秋评论道：

　　英文可能是很好，但译文并不很高明，因为辜先生的中国文学是他回国以后再用功研究的，虽然也有相当的造诣，却不自然。这也同他在黑板上写中国字一样，他写中国字常常会缺一笔多一笔而自己毫不觉得。

我无缘"海淘"到如此重磅的辜鸿铭，也不曾"猎奇"到那么精品的张爱玲，多年来所得签赠本，多在中文世界打转，英文签赠本只有一册蒋彝的签赠本《金宝与花熊》（*Chin-Pao And The Giant Pandas*）。此书二十世纪四十年代刊于英国，伦敦动物园的大熊猫"明"是战争中伦敦市民的宠儿，蒋彝天天去看它，然后写了这本以中国为背景的童话故事，并配上自己的闲淡静谧

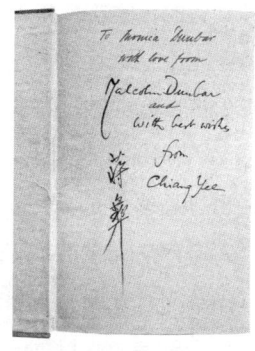

的国画插图，插图上配有汉字书法和篆刻，雅致极了。蒋彝从九江县长任上辞官，漂洋出海，重学英文，鬻画为生，很快成为旅西的华人之光。著名的"可口可乐"这个中文名就是由他翻译的，原来居然叫"蝌蚪啃蜡"，真是魔幻！我觉得蒋彝的经历可以印证，传统中国的士大夫融入西方社会并不太难，黄仁宇、唐德刚、杨振宁、余英时等都是如此。

不料，这几天和林曦兄说起《文学的记忆》，提到他和董桥先生在书中揖让进退，他呵呵笑答："不是我！之前不少朋友也问过。应是一位画画的女子，年纪很轻，以前我北京同事还找她学画。"居然摆了乌龙吗？不好意思之下，我说想写写他的辜鸿铭签赠本《尊王篇》，他欣然同意了。

而那位林曦小姐的《绘林文月〈饮馔札记〉》，也惹得我找出了与林文月相关的几种书。董桥当然是林文月的"死党"，在文章中每每提及，最新出版的《文林回想录》也专写了一章，说："林先生长年的文秀是一晕静好的月色，没有故事，只有微茫。"随后又以相当篇幅写到了林文月翻译清少纳言《枕草子》，借友人之口说林的日文修养比周作人高深等等。我在疫情中思念京都，曾翻出林文月的《京都一年》来读，学者写的书确实比纯粹作家的书耐读，无论是歌舞伎，还是古建筑，抑或是美食、汤池和古书铺，都值得反复细细品味。"京都学派"是海外汉学神话一般的存在，在罗振玉、王国维之后，五十、六十、七十年代的港台学人，也只是略为一嗅瓣香罢了。比林文月早九年，徐复观先生于一九六〇年访问京都，写即时通讯发表在《华侨日报》上，逐一月旦了神田喜一郎、重泽俊郎、吉川幸次郎、平冈武夫、宫崎市定、小川琢治、木村英一、白川静、青木正儿等名学者。这些先生的手泽我都多少收藏了一些，既是书缘所系，徐公的文字读来就十分过瘾，尤在林文月之上。

　　林文月在京都做了一年的访问学者，得到平冈武夫教授的热忱关照，令我大起亲近之感，因为平冈教授藏书最精华的部分，在他逝世二十多年后飘洋过海，很荣幸地摆在了我的书架之上。其中也有林文月译的《枕草子》，一九八九年由台湾大学外文系主办的中外文学月刊社出版，其时她的京都之旅已过去二十年了，她将此书寄赠平冈教授，署"受业林文月谨赠"。

　　虽然书缘的牵引就是最好的安排，但是辜鸿铭也在日本讲学三年，我却不曾邂逅他的半分痕迹。像《尊王篇》这样倾情赞美慈禧，在东京演讲"日本更像唐宋中国"，以及"我头上的辫子有形，你们心中的辫子无形"这样的棒喝，在我们这个肤浅的时代，已没有土壤容得吉光片羽的滋长。在他逝世前，"狗肉将军"张宗昌邀请他担任山东大学校长，却因为一场致命的感冒永恒地错过了。

香雪文丛书目

刘世芬《毛姆VS康德：两杯烈酒》　　　　　定价：62.00元
夏　宇《玫瑰余香录》　　　　　　　　　　定价：68.00元
汪兆骞《诗说燕京》　　　　　　　　　　　定价：68.00元
方韶毅《一生怀抱几人同——民国学人生平考索》　定价：66.00元
王　晖《箸代笔》　　　　　　　　　　　　定价：68.00元

// 集木工作室

投稿邮箱：jimugongzuoshi@163.com

微信公众号：集木做书